05

天崩之刻

三雲 岳斗 MIKUMO GAKUTO

[插畫] 深遊 MIYUU

Kadokawa Fantastic Novel

儘奈彩葉
Mamana Iroha
鳴澤八尋
Narusawa Yahiro

妙翅院迦樓羅
Myoujiin Karura
珞瑟塔・比利士
Rosetta Berith
茱麗葉・比利士
Giulietta Berith

那些傢伙在會礙事，
先幫我收拾掉他們。
雷龍的
不死
Tristitia
投刀塚透
Natazuka Toru

鹿島華那芽
Kashima Kaname
看情況是不得已呢。
我就答應
替你應付吧。

沼龍的巫女
Lūxuria
姫川丹奈
Himekawa Nina

地龍
巫女
Superbia

鳴澤珠依
Narusawa Sui

沼龍
不死者
Luxuria

湊久樹
Minato Hisaki

# 05

天崩之刻

THE HOLLOW REGALIA

The girl is a dragon.
The boy is the dragon slayer.

前往肇端之地，二十三區——



Kadokawa Fantastic Novels

——名為日本的國家已遭滅亡的世界。

弒龍少年與龍之少女成了最後倖存的日本人，在廢墟都市「二十三區」相遇。

弒盡八龍，選定新的「世界之王」的戰鬥就此揭幕。

## 比利士藝廊

根據地設在歐洲的貿易公司，經銷兵器與軍事技術為主的死亡商人。
擁有用於自衛的民營軍事部門。贊助者是比利士侯爵家。

伊呂波和音
Iroha Waon

不死者
### 鳴澤八尋
Narusawa Yahiro

淋了龍血而成為不死者的少年，為數稀少的日本人倖存者。獨自以「拾荒人」身分將古董及藝術品從隔離地帶「二十三區」搬運出來，謀生至今。一直在尋找於大殺戮失蹤的妹妹鳴澤珠依，目前是與比利士姊妹一同行動。

使役魍獸的少女
### 儘奈彩葉
Mamana Iroha

於隔離地帶「二十三區」中央存活下來的日本少女，在倒場的東京巨蛋故址與七名弟妹一起生活。感情豐富且容易落淚。擁有支配魍獸的特殊能力，因此被民營軍事公司盯上，目前與弟妹們一同受到比利士藝廊的保護。

### 茱麗葉・比利士
Giulietta Berith

軍火商比利士藝廊的營運長，珞瑟塔的雙胞胎姊姊。中裔東方人，但目前將國籍設於比利士侯爵家根據地所在的比利時。擁有超乎常人的體能，在肉搏戰足以壓倒身為不死者的八尋。性格具親和力，受眾多部下仰慕。

### 珞瑟塔・比利士
Rosetta Berith

軍火商比利士藝廊的營運長，茱麗葉的雙胞胎妹妹。擁有超乎常人的體能，操控槍械尤有天賦。與姊姊呈對比，個性沉著冷靜，幾乎不會表露感情。大多負責部隊的作戰指揮。溺愛姊姊茱麗葉。

## 統合體

目的在於保護全人類免受龍帶來的災厄的超國家組織。據說不僅繼承了過去龍出現的紀錄及記憶，還保有為數眾多的神器。

### 鳴澤珠依
Narusawa Sui

鳴澤八尋的妹妹。有能力將龍召喚至現世的巫女，引發大殺戮的始作俑者。在當時所受的傷導致她的身體會不定期陷入「沉眠」。目前受到「統合體」保護，將自己提供給他們當成實驗體以換取庇護。

### 奧古斯托・尼森
Auguste Nathan

非裔日本人醫師，也是「統合體」的探員。負責護衛鳴澤珠依，一方面助她實現願望，另一方面則把身為龍之巫女的她當成實驗體利用。

### 姬川丹奈
Himekawa Nina

歐洲重力子研究機構研究員，跳級取得博士學位的天才。身為沼龍盧克斯利亞的巫女，從物理學的觀點研究龍之權能。

### 湊久樹
Minato Hisaki

與丹奈訂契約的不死者青年。宛如忠犬追隨丹奈，原本的目的與動機皆不明。缺乏禮節而難以跟他人溝通，其實個性很規矩。

### 舞坂雅
Maisaka Miyabi

風龍依拉的巫女。志當記者，大殺戮發生前曾以新聞節目的主播身分活躍。在大學選美比賽也拿過冠軍，是個才色兼具的女性，現在因為受傷而拄著手杖，總是遮住右眼。

### 山瀨道慈
Yamase Douzi

與雅訂下契約的不死者男子。用「山道」的名義上傳影片，揭發各種企業團體的弊病。本職為新聞攝影師，抱持著為傳達真相可以不擇手段的理念在行動。於橫濱的事件中殞命。

### 清瀧澄華
Kiyotaki Sumika

水龍艾希帝亞的巫女。性格積極開朗，講究實際。龍之巫女的能力覺醒得較晚，大殺戮後有兩年左右是以常人之身投靠娼館。

### 相樂善
Sagara Zen

與澄華訂契約的不死者青年。富正義感、個性耿直，但也有頭腦頑固而不知變通的一面。大殺戮發生時就讀於海外的名門寄宿學校，回日本之際有過一段淒慘的遭遇。

## 妙翅院家

### 鹿島華那芽
Kashima Kaname

雷龍特利斯提帝亞的巫女。身為妙翅院家分家的鹿島家一分子，卻與自己的契約者投刀塚透一同遭到軟禁。喜愛植物且性情溫順，但也有對反抗天帝家之人毫不留情的殘酷的一面。

### 投刀塚透
Natazuka Toru

與華那芽訂下契約的不死者。過去曾以不死者身分極盡殘虐之能事，目前與華那芽一同被軟禁在天帝家的離宮。性格怠惰，討厭外出，卻是個不惜與不死者廝殺的危險人物。

### 妙翅院迦樓羅
Myoujiin Karura

身為天帝家直系的妙翅院家長女，被視為下任天帝人選之一。為人親切爽朗，要看透她的心思卻不容易。擁有天帝家相傳的深紅勾玉寶器。

# 序幕 Prologue

THE HOLLOW REGALIA PROLOGUE

法國，巴黎——

流經市區中心的塞納河畔熙熙攘攘，週末午後有許多人來這裡度過。

享受散步樂趣的觀光客；手捧素描簿的藝術家幼苗。

坐在長椅上互訴衷曲的情侶；拿著外帶咖啡歡談的老人家們。

他們臉上全都一樣開朗。

連失業者群聚在一塊發牢騷，散發出來的也絕非悲愴感。

因為國內的景氣長年低迷至今，總算有了回升的兆頭。

發生於四年前的「大殺戮(Genocide)」——

名為日本的國家突然消失，對世界經濟帶來了莫大影響。

物流混亂，出口低迷，工業製品等出現全球性短缺。花費在狩獵日本人的軍事開銷更成了沉重負擔，使眾多國家迎來嚴重的蕭條。

雖說經濟力相較於巔峰時期早已衰退，占有全球人口近六十四分之一的國家在短短幾個月內消滅了，縱使是距離遙遠的歐洲各國也不可能毫無牽連。

然而，大殺戮後經過四年，世界終於逐步從日本消滅的打擊中走出來。物流恢復，職缺亦隨股市回升而增加，街上行人的笑容也漸漸變多。日本這個國家曾經存在的記憶已然淡薄，連魍獸造成的威脅都開始讓人覺得像遙遠世界流傳的童話。

正是在這個節骨眼，某個日本直播主的帳號從影片分享大站上消失了。

「——帳號被禁的說法好像是真的耶。搜尋也只會出現冒牌貨。」

坐在河畔草坪上的年輕男子一邊觸碰手機畫面，一邊嘆息。

搜尋欄輸入的是「伊呂波和音」這個少女的名字。

「啊～～……你說那個日本直播主嗎，傳聞中會召喚龍的？」

男性朋友用調侃似的態度說道。

他們倆穿著地方職業足球隊的複製球衣。男子背號為七，他的朋友則是三十三號。

「龍的部分不清楚，但她馴養了魍獸好像是真的，到處都流傳她騎在碩大怪物身上的圖片。」

七號男用認真的語氣淡然回答。三十三號有些傻眼地吐了氣。

「反正不是合成就是改圖吧。」

「情報出處可是山道耶。」

男子予以指正，他的朋友則應了一聲「嗯」，露出沉思的樣子。

山道是所謂的爆料型直播主，他爆料的對象不只企業家或藝人，還揭露過政治家、政府機關及宗教團體的醜聞而闖出了名氣。雖然強硬的取材方式惹來不少爭議，在情報可信度方面就有高評價。

這樣的他想必不會毫無根據地去抹黑默默無名的直播主，況且對方還是跟他同樣生為日本人的少女。

「哎，先不管魍獸的事，她的帳號沒了還真可惜，難得有這麼可愛的女生。」

三十三號聳聳肩搖頭。七號男也一臉認真地附和：

「就是啊，臉長得可愛，雖然影片沒什麼意思。」

「很無聊啊，臉長得可愛就是了。」

兩人說完便望著彼此的臉露出苦笑。他們想起了伊呂波和音這個直播主發表的影片盡是些溫馨卻又乏味的內容。

從背後傳來了尖叫聲，使他們臉色一僵。

那並不是單純發生事故或受驚嚇會有的尋常聲音。

淒厲慘叫感覺事情非同小可。

「喂，你看，那是什麼？」

七號男忍不住起身，眼裡便映入了沒什麼真實感的奇妙形影。

尺寸應該相當於小型汽車，輪廓近似用雙腳步行的走獸。

那道形影無聲無息地縱身躍起，然後將倉皇逃竄的女性踩扁。

人類的頭顱就像熟爛的水果輕易爆開，濺出了無數碎肉與鮮血。

「黑色的……野獸？是熊嗎……？」

男子恍惚似的杵在原地嘀咕。

那頭漆黑怪物的巨大身軀，確實會讓人聯想到魁梧的灰熊（Grizzly）。

但是，那顯然並非區區的熊。

不可能會有長著虎頭與猛牛般的犄角，體長還達三公尺的熊存在。

「難道說，那是魍獸？怎麼可能，為什麼會出現在法國（這種地方）……？」

「現在哪是說這些的時候！我們趕快逃！」

「對、對喔。」

男子被朋友粗魯地從背後猛推，才慌忙地跑了起來。

巴黎這裡，不知道發生了什麼狀況。但現在與其確認那些，只能先逃離現場。

魍獸，導致日本滅亡的謎樣怪物，其力量更勝完全武裝的士兵，據說強大的魍獸群甚至能讓軍方機甲部隊潰滅。

男子當然知道魍獸的存在。

然而以知識而言認得其存在，與實際遇到完全不能相提並論。豈能想像距離日本有九千公里遠的巴黎這裡會突然有魍獸出現。

兩名男子受恐懼驅使，不停地拚命奔跑。

他們逃跑並沒有明確目的，只是希望盡可能遠離魍獸。

然而，彷彿要擋住他們倆的去路，有輛車從天而降。

伴隨著巨響將車輛捲上天的，是一頭掄倒路樹疾奔而來的怪物——長著八條腿的巨馬型魍獸。

「混帳，連這邊都有！」

「這些傢伙到底從哪裡來的！」

大驚失色的男子們停下腳步。

出現在巴黎市內的魍獸不只一頭。

路上有行車的喇叭聲與衝撞聲響起，市區到處點燃了火頭。造成騷動的原因無疑是魍獸。當下，巴黎全城正受到魍獸侵襲。

聽見哀號趕來的警官朝馬型魍獸開槍。

子彈無疑已經命中，魍獸卻沒有顯露出痛苦的模樣。

即使如此，魍獸仍然感受到警官的敵意了吧。魍獸伴隨著詭異咆哮朝警官衝來，並且直接殘忍地將他踩扁。

意想不到的慘狀讓人們發出尖叫，隨後，因絕望而皺起臉的眾人發生異象。

骨骼嘎吱作響，輪廓逐漸轉變成非人之物。

化為令觀者恐懼的異形，也就是魍獸的形貌——

「人類……變成了魍獸？」

「原來那些傳聞都是真的……！」

穿著複製球衣的男子們嚇得用顫抖的嗓音嘀咕。

魍獸的真面目是人類。受到龍出現在這個世界的影響，人類會變成魍獸——有段時期網路上散布著這種傳聞。

傳聞似乎源自派赴日本的民營軍事企業警衛。

雖然也有影片存證，那樣的傳聞卻在不知不覺間全消失了，乾淨到不自然的地步。可是，在他們眼前上演的景象與理應消失的那些影片一模一樣。

「我們……得趕快逃……」

朋友再次推了男子的背。

男子卻沒有動。

開始魍獸化的人們背後，有「東西」出現於巴黎市中心，奪走了他的目光。

「那是……」

彷彿將黑色顏料打翻的漆黑墨漬緩緩在地面蔓延開來。

那吞沒了周圍的車輛與建築，正要侵蝕整座城市。

讓人聯想到墨漬的東西，其真面目是鑿穿於地表的孔穴。

朝垂直方向無窮延伸，深不見底的漆黑豎坑。

「冥界門（Ploutonion）……！」

從嗓音流露出絕望的男子驚呼。

他們不知道冥界門出現的原因。

更不知道在此時此刻，不僅巴黎，連倫敦、柏林、馬德里、羅馬、德里及北京，全世界的人口密集地都已經出現了相同的冥界門——

知道的只有一點，這不過是個開端。

沒錯。這是末日的開端，真正的災厄接下來才要來臨。

男子們因為滅世的預感而全身發抖，目不轉睛地茫然注視著逐漸侵蝕世界的巨大空洞。

05
When the heavens break and fall
Presented by
MIKUMO GAKUTO
Illustration
MIYUU
GALERIE BERITH

THE HOLLOW
REGALIA

# 第一幕 終點



## 1

在名為搖光星的裝甲列車上，八尋正茫然地從休息室望著窗外。

列車發出柴油引擎特有的高亢噪音，駛入變成廢墟的市區。這段旅途的目的地舊京都車站已然接近。

從比利士藝廊的根據地橫濱前往京都會花費一個星期之久，是因為在名古屋發生過糾紛而耽擱了近三天，車程因而大受影響。

即使如此，考量到日本交通建設幾近瓦解的現狀，能抵達這裡反而算順利才對。

途中只遇過一次淪為劫匪的傭兵團襲擊，與魍獸交戰也沒有超過十次。光是藝廊內部及相關成員無人死亡，就稱得上可圈可點了。

不過在這段期間，搖光星裡發生了小小的變化。

那就是彩葉的妹妹佐生絢穗對八尋的態度。

「八尋哥哥，修復鐵路辛苦了。」

絢穗用托盤端來兩人份的咖啡，並且向八尋搭話。大概是緊張所致，絢穗的嗓音略顯僵硬，不過性格內向的她會主動攀談倒給人有些意外的印象。

「是、是啊，謝謝妳。要說的話，妳那邊應該比我更操勞吧，一下要搬運砂土，一下要打碎落石。我頂多動手燒掉倒在鐵軌上的樹木而已。」

「不會。多虧有八尋哥哥教我怎麼使用這個，畢竟這件遺存寶器也是八尋哥哥託我保管的。」

絢穗一邊秀出銘刻於手腕上的翡翠色花紋，一邊把咖啡擱在八尋面前。

接著，她直接坐到八尋右邊。總覺得距離太近，不過要說是心理作用好像也沒錯，著實難以形容的距離感。

然而，實際上絢穗獲得遺存寶器後非常活躍。因為山龍的權能可以任意讓地面隆起，在土木工程方面的便利性超群。

假如絢穗沒有與遺存寶器相合，搖光星大概要晚兩天才能抵達京都。八尋有充分的理由感謝她。

「我也是！我也很努力喔！還從魍獸的威脅下保護了搖光星！」

彩葉聽八尋與絢穗互相誇獎，似乎點燃了競爭意識而開口插話。

八尋他們卻回頭朝彩葉冷冷地看了一眼。

「是鵺丸把靠近的那些魍獸趕走的吧。」

「彩葉姊姊原本打算餵那些魍獸，反而還挨珞瑟小姐罵了。」

「唔、唔唔……要說的話，好像也發生過那樣的事……」

八尋他們反應冷淡，讓彩葉露出鬧脾氣的臉。

拜彩葉能馴服那些魍獸的謎樣能力所賜，藝廊確實避開了許多無謂的戰鬥。不過，彩葉過度偏袒魍獸的行為讓旁人忙得團團轉也是事實，八尋他們會對彩葉冷漠就是因此所致。

「不嫌棄的話，請八尋哥哥嚐嚐這個，是我跟穗香他們一起烤的。」

絢穗像是看準了時機，把托盤上的容器遞給八尋。

容器裡盛著一看就知道是手工製作，流露出質樸氣息的奶油餅乾。現烤的餅乾仍有溫度，奶油香在桌上飄散開來。

「我剛好肚子餓，得救了。感覺很美味耶。」

「呵呵……希望如此。」

八尋朝容器上的餅乾伸手，絢穗便盯著八尋的嘴邊。眼看他們兩個莫名親密，被排除在外的彩葉不悅地鼓起腮幫子。

「唔～～……等一下，八尋，你會不會跟絢穗靠太近了？」

「有嗎？」

八尋把彩葉的抗議當耳邊風。

目前的座位是八尋先坐的，即使被數落，八尋也不想管。這就是八尋坦率的感想。

「對不起，因為我也想跟八尋哥哥一起吃。」

內向的絢穗難得含蓄地提出了主張。我無所謂——八尋搖頭說：

「反正位置又不擠，妳別在意。」

「太好了。」

絢穗放心似的微笑，並且又拉近距離。

妹妹的反應出乎意料，於是彩葉的臉頰僵住了。

「欸，絢穗，先跟妳聲明喔，八尋可是我的粉絲。」

「直播主只給一個粉絲特殊待遇不好喔，彩葉姊姊。伊呂波和音是大家的偶像吧？」

「話、話是這麼說沒錯……」

唔唔——彩葉對絢穗的反駁無話可回，聲音就哽住了。

這段期間，絢穗從容器上輕靈地捏了一片新的餅乾。

「八尋哥哥，不嫌棄的話要不要再來一片？」

「好啊。這好吃耶。」

「來，請用。」

絢穗把捏起的餅乾送到八尋嘴邊。

八尋被絢穗大膽得超出預期的行動嚇呆，同時又迫於形勢，不由得準備張嘴。於是——

「唔～～……！」

彩葉終於憋不住似的發出怪聲，打斷八尋與絢穗。她直接倒頭躺在椅子上，像小孩耍賴一樣將手腳亂揮又亂踢。

「偏心！絢穗都只對八尋好，太偏心了！妳也要多理一下姊姊啊，絢穗！」

「咦？彩葉姊姊抱怨的是這個？」

絢穗沒想到彩葉的話鋒會這樣轉向，因而瞪圓了眼睛。

對彩葉來說，比起八尋跟絢穗感情融洽，可愛的妹妹不肯陪自己似乎才是大問題。

「好、好的，彩葉姊姊也請用。」

「耶～～！絢穗，那我也要回敬妳！」

絢穗苦笑著把餅乾送到彩葉嘴邊，彩葉就雀躍地也想餵妹妹。印象中都是性格含蓄的絢穗被彩葉弄得團團轉，不過她們兩個或許就是這樣取得平衡的。

妳們感情好就行——如此心想的八尋有些傻眼卻還是不禁失笑，接著忽然感覺到視線而抬起臉。不知不覺間，有個把白毛魍獸當布偶抱著的少女站到八尋旁邊。

彩葉的么妹瀨能瑠奈。

「妳也想要嗎，瑠奈？」

瑠奈一語不發地望著八尋，八尋便困惑地問了一聲。

瑠奈面不改色地點點頭，然後默默地微微張開嘴。那似乎是在期待八尋拿餅乾餵她。

「呃～～……這樣可以嗎？」

八尋拗不過一直維持相同姿勢等待的瑠奈，就把餅乾遞到她嘴邊。瑠奈朝著那片餅乾咬了下去。

她那有如小動物的舉動讓八尋微微發笑，跟著又遞了一片餅乾過去。瑠奈沒表現出排斥的態度，啄食似的再度吃起來。

聽說她差不多七歲，然而，好像連身為保護者的彩葉也不曉得其正確的年齡。嬌小的體態給人更加年幼的印象，另一方面卻也感受得到與年齡不符的伶俐與冷靜。

而且瑠奈一認識八尋之後，不知怎地就黏著他了，其中的理由也讓人摸不著頭緒。某方面來說，彩葉弟妹裡最神祕的存在就是她了。

「你這樣餵養女童，究竟有何居心？」

八尋面帶苦笑望著默默咀嚼餅乾的瑠奈，旁邊就莫名其妙傳來責怪似的聲音。悄悄現身的珞瑟塔・比利士正用輕蔑的目光低頭看著八尋。

「別講得那麼難聽。拿點心給她吃而已，很正常吧。」

「那你倒是看似歡愉地帶著一臉賊笑。」

「我才沒有賊笑。」

「八尋、八尋，餵我，啊～～」

珞瑟以辛辣的語氣斷言，在她旁邊的茱麗葉．比利士則大大地張開嘴。

不知道茱麗是真的想吃餅乾或者單純在戲弄八尋，態度難以分辨就是她讓人覺得麻煩的地方。

「抱歉，餅乾沒妳的份。想吃就叫妳妹妹替妳做。」

「咦～～……小氣～～」

餅乾吃完的容器被推到茱麗面前，使她鬧脾氣似的噘起嘴。

八尋無視她，還把視線轉向窗外。因為裝甲列車顯然開始減速了。

「你第一次來京都嗎？」

八尋頗感興趣似的望著風景，珞瑟便問他。

八尋靜靜地搖頭。

「讀小學時來過一次，教育旅行（School Trip）就是到京都。」

「教育旅行……鳴澤珠依也跟你一起？」

「不，珠依沒參加旅行。她從以前就體弱多病，所以被老爸阻止了。」

「原來如此。」

珞瑟若有深意地帶著好似看透一切的態度點了頭。

八尋對珞瑟的態度有疑問，卻沒能確認她的真正心思。

因為彩葉搶著用興奮的語氣搭話：

「八尋，你看！好有京都的感覺！」

彩葉一邊挽住八尋的手臂硬拽，一邊把臉湊向列車窗戶。

八尋立刻了解到她會這樣大呼小叫的理由。

畢竟從列車窗戶望見的景象跟八尋預料中的廢墟截然不同。

京都獨具的寺社佛閣當然都有出現。

然而，尋常民宅與大樓建築更吸引八尋的眼睛。以往八尋見過的京都街景，依舊原模原樣地擴展於眼前。

「這是怎麼回事？」

「咦？你問的……是指什麼？」

八尋茫然嘀咕，而彩葉一臉納悶地看了他的臉龐。

八尋不知所措地猛搖頭。

「跟我之前來的時候幾乎完全沒變！為什麼只有京都不受大殺戮影響……？」

「啊～～會不會是因為……他們運氣好？」

「那不是運氣好就能避免的吧……！」

彩葉的言語缺乏緊張感，使得八尋無力地吐氣。

大殺戮發生後已經過了四年，其影響遍及日本全土。魍獸的出現，還有各國軍隊對其展開的攻擊，導致國內的主要大都市全變成了廢墟。在來到京都的路途中，八尋親眼確認了這一點。

可是只有京都例外。

確實看不見人影，然而市容幾乎未受損傷。京都的中心地帶宛如獨留於時光之外，保住了以往的模樣。

「因為這裡位在天帝家腳下。」

回答八尋疑問的是一道渾厚低沉的男子嗓音。統合體前探員——同時身為天帝家使者的奧古斯托・尼森。

目前他姑且算是被藝廊俘虜，在搖光星內卻好像依然來去無阻，茱麗等人看來也無意攔阻。

「這話是什麼意思，尼森？難道京都沒有魍獸出現？」

八尋用納悶的口氣問。

但是，尼森敷衍似的曖昧地搔了頭。

「不，它們當然出現了，所以京都才能平安無事。因為天帝家有妙翅院在。」

「啥？」

「『妙翅院迦樓羅能操控魍獸』，跟儘奈彩葉一樣。」

尼森看著訝異的彩葉，繼續說道。

下個瞬間，伴隨劇烈的嘎吱聲響，駛入京都站廳的裝甲列車完全停住。

「她用那種力量保護了京都。想知道詳情的話，大可直接問本人。你們就是為此而來的吧？」

尼森朝驚訝得發不出聲音的八尋和彩葉露出微笑。

八尋他們只能默默點頭。

## 2

「到了耶～～……！」

在裝甲列車的休息室裡，彩葉的弟妹們發出歡呼。

搖光星停靠於昏暗無人的京都車站月台，並將固定車體的駐鋤展開，為主砲開火預做準備。這是在提防敵對勢力或土匪的埋伏。

然而京都車站廳內十分安靜，周圍並無其他人的動靜。

建築物本身也莫名整潔，感覺不出荒廢的氣息。無人站廳內只充斥著異常的靜謐，甚至有幾分詭異。

「京都車站是由哪個國家管理的？」

整裝的八尋將愛刀九曜真鋼帶上並問道。

「京都屬於緩衝地帶，設施似乎是由天帝家進行維護，然而從官方角度來講並不歸任何勢力管理。」

珞瑟的語氣冷淡，但還是答得很仔細。

她說的話讓八尋寬心了些，因為八尋回想起幾天前在名古屋跟中華聯邦軍捲入的糾紛。

「總之呢，感覺用不著擔心被地方上的軍隊刁難。」

「沒錯。相對地，遇襲時也沒有人能保護我們。」

「妳的意思是要自己保護自己？」

「正是如此。」

珞瑟的回答讓八尋理解。藝廊的隊員們抵達目的地京都後仍未放鬆警戒，好像就是出於這個緣故。

「妙翅院迦樓羅在什麼地方？」

八尋接著問尼森。

迦樓羅在京都等候是尼森帶到藝廊的情報。然而，眾人仍未得知她在京都的何處。

尼森卻沒有回答八尋的疑問，毫不慚愧地大剌剌搖搖頭。

「她在位於奧嵯峨山中的妙翅院家領地，詳細地點我也不清楚。」

「不清楚？迦樓羅小姐不是你的雇主嗎？」

「組成天帝家的六家說來都一樣，但妙翅院家格外有戒心。他們的領地設了結界，沒人引路就無法靠近。」

「把人叫來京都卻繭居不出，可真是身分尊貴。」

八尋板著臉說了尖酸話。

尼森沒有多反駁，只是點點頭說：

「我們抵達的消息很快就會傳到她耳裡吧。遲早會有人來迎接才對。」

「都到這裡了，還要我們等啊。」

「要提到久候多時，她也一樣。迦樓羅小姐一直在等你們來。」

「說是這麼說啦，我們從關東來的耶。既然一星期就抵達了，應該算早的吧。」

「不，並不是那樣。她從九年前的那天就一直在等你們。」

尼森若有所指地說道。

八尋聽不懂意思，因而眨了眨眼。

談到九年前，大殺戮當然尚未發生。

當時八尋與不死者之力毫無瓜葛，只是個平凡無奇的小孩。地位高如迦樓羅的人物不可能認得八尋。

即使如此，八尋並沒有劈頭否認尼森說的話，是因為他點出了九年前這個具體的時期。

那年，八尋身邊確實有一項變化。

名為鳴澤珠依的少女變成了八尋的妹妹。

後來引發大殺戮，還被稱為地龍巫女的那個少女——

『——茱麗葉大人！珞瑟塔大人！』

尼森若有所指的這段話被從喇叭傳出的車內通訊聲打斷了。

聲音的主人是麥洛·歐帝斯，搖光星的列車長。

「麥洛？聽你急成那樣，怎麼了嗎？」

茱麗朝車內通訊用的螢幕反問。與列車長的嚴肅嗓音呈對比，一副悠哉的口氣。

『這是無人機先行偵察拍到的影像！還有警戒四周的第二分隊也提出了報告！』

「哦～～……哎呀呀，看來被完全包圍了耶。」

茱麗看著傳送到螢幕的影像，還佩服似的揚起眉毛。

貌似於京都車站周邊拍攝的航照圖。

畫面上拍到了大量裝甲戰鬥車，數量足在四十輛以上，戰鬥員應該超過五百人，難以置信的龐大戰力。

『是民營軍事企業嗎！哪一方的勢力？』

在比利士藝廊遠東分部中，隸屬於民營軍事部門的喬許．基根拉高了音調插話進來。由他指揮的遠東分部第一分隊就是負責警衛搖光星。

『列車長，將派去偵察的分隊召回！要是對方直接進入車站就不妙了！』

『明白！麻煩第一分隊將增援的戰鬥員撥給四號車跟九號車！封鎖通往月台的樓梯！』

「——慢著，麥洛，停止啟動遙控砲塔（RWS）。喬許的人員布署也保持原樣就好。所有人保持乙種警戒（Orange）待命。」

『公主？這樣好嗎！搖光星遭到埋伏了耶！』

茱麗的命令讓人懷疑耳朵，喬許便出聲抗議。

現狀是我方遭到十倍以上的戰力包圍，而她說不用採取任何對策。

萬一敵方部隊攻入站廳，停靠中的裝甲列車應該難以招架，形同坐以待斃。

茱麗嘴邊卻露出厭煩似的苦笑。

她的雙胞胎妹妹珞瑟也面無表情地嘆了氣。

「埋伏固然是埋伏，對方的目的大概在於嚇人（驚喜）而非戰鬥吧。」

「啥？」

珞瑟有違作風的平易近人的口吻，讓八尋聽了不禁蹙眉。

茱麗誇張地聳肩搖搖頭。

「從那些戰鬥員穿的制服來看，他們是總店的直轄部隊。」

「總店？難道說，那些傢伙也是比利士藝廊的人？」

「對呀，比利士藝廊歐洲總部的戰鬥員。換句話說，就是我們父親的部下。」

茱麗說著用手指了顯示於螢幕的圖像一角。

那裡顯示著武裝戰鬥員們拿來當標語牌的防彈盾牌。

盾牌上寫了「歡迎（WELCOME）」字樣——

那些部隊包圍京都車站，原來是要迎接抵達的八尋一行人。

# 3

「這是在搞什麼……」

八尋一邊提防敵方襲擊，一邊走出車站以後，就茫然停下腳步。

過去被當成遊覽車停車場使用的站前廣場停了好幾輛陌生款式的裝甲車，還有近百名戰鬥員聚集於此。

他們拉起了布條，歡迎藝廊的遠東分部成員抵達。

還用心地備有儀隊奏樂。

這一幕與現場太不協調，讓八尋無力地把手從刀柄上移開。護衛的喬許等人也明顯露出困惑之色。

「長途旅程辛苦各位了，茱麗葉大人，珞瑟塔大人。」

不久，一名男子從戰鬥員當中走了過來。

他是身穿體面晨禮服的半老男子。

年齡恐怕超過五十歲，身段卻俐落有活力，銀黑相間的髮絲經過細心梳理，裝扮具紳士風範的人物。

「咦，希瑞爾？」

「你會在這裡，表示那一位也來了嗎？」

茱麗與珞瑟朝具紳士風範的男子喚道。

看來男子與茱麗她們似乎是舊識。從他對她們的態度來看，應該是地位相當於比利士本家管家的人物。

「我來領路，這邊請。儘奈彩葉小姐與鳴澤八尋少爺也請一道過來。」

男子轉向八尋他們說道。

「我們也可以跟去嗎？」

彩葉大概沒想到對方會招呼自己，便訝異地反問。

「妳提到的那一位是指誰？」

八尋有預感會很麻煩，就開口向珞瑟確認。

珞瑟講話拘謹，但她基本上對誰都一樣目中無人。這樣的她會對他人表現敬意很稀奇。

「優西比兀·比利士侯爵，比利士藝廊的所有權人。請你千萬不要在那一位面前有失禮的舉動。」

「比利士侯爵……是珞瑟妳們的爸爸嗎？」

彩葉睜大眼睛看了珞瑟。

珞瑟面無表情，含糊地表示同意。

「是的，妳這樣理解並沒有錯。雖然我們之間並沒有生物學上的親子關係，即使有，頂多也才占百分之七左右。」

「……生物學上？妳們並不是養女吧？」

「從我們都是由那一位『創造出來』的角度來說，要當成親生父女並不算錯。實際上他也允許我們用父親稱呼。」

「聽起來暗藏許多內幕啊。」

八尋深深吐了氣。

茱麗與珞瑟這對雙胞胎是透過基因操作製造的人類，從她們過去的言行，八尋也隱約察覺到了。如此誕生的雙胞胎與父親之間的關係，輕易就能想像是成立於驚險的平衡之上。光這樣就斷定她們不幸恐怕是操之過急，然而單就雙胞胎的態度來看，八尋不覺得她們對父親懷有親情，在這層意義上難免會對她們產生同情。隨後——

「你說得出那種話？」

八尋好像聽見了珞瑟的嘀咕聲，便把視線轉向她。

「咦？」

「……沒事。從統合體的觀點來說，這算稀鬆平常。」

珞瑟露出人工般的微笑後，直接邁步追向名叫希瑞爾的男子。

八尋只好帶著一臉呆愣的彩葉跟在珞瑟他們後面。

在警備的眾多戰鬥員守候下，希瑞爾走進一輛以裝甲拖車改造成的大型露營車，牢固程度堪稱驚人。

讓人聯想到高級辦公室的豪華車內，有一名白人男子坐在包廂裡。

身穿商務西裝具企業家風範的修長男子。

端正容貌即使說是明星也能讓人接受，卻又散發貴族氣質。

這名男子就是比利士侯爵家的現任當家——優西比兀·比利士吧。

「大人，我帶遠東分部的兩位營運長來了。」

希瑞爾走到雇主身旁，恭敬地開口稟報。

優西比兀擱下了讀到一半的成疊文件，並且抬起臉。他先是朝站在房門口的茱麗與珞瑟瞥了一眼，接著目光才轉向八尋他們。

「辛苦了，希瑞爾。他們是？」

「訪客。儘奈彩葉小姐，以及鳴澤八尋少爺。聽聞是倖存的日本人。」

「這樣啊。你們就是龍之巫女與不死者，真年輕。」

優西比兀用打量似的目光看向八尋他們，並親切地微笑。

「我聽過你們活躍的事蹟。我的女兒們似乎受你們照顧了。」

「哪裡，我們才受了茱麗和珞瑟的關照！」

彩葉難得一臉緊張，還當場深深低下頭行禮。緊接著，她突然掏出不知從哪裡變出來的方形白鐵罐。

站在優西比兀身旁的希瑞爾頓時臉色緊繃。他應該是在警戒那只白鐵罐子會不會是爆裂物。

彩葉卻一臉不以為意地打開白鐵罐的蓋子，霎時間，強烈的奶油味從中湧出。罐裡裝著之前絢穗她們烤的那種餅乾。

「不嫌棄的話，請你嚐嚐這個！我妹妹烤的！」

彩葉自豪地揚起嘴角，把餅乾遞給優西比兀。

似曾相識的景象——八尋茫然心想。看來彩葉腦中似乎有跟大人物見面就要分享食物的謎樣刻板觀念。

「這看起來很可口，我要嚐嚐。希瑞爾，麻煩你準備茶。」

優西比兀從彩葉那裡收下餅乾後，直接拿了一片送到口中。

原本這狀況應該會讓人疑懼下毒的危險性，不過看了彩葉的態度，也許對方連提防都嫌無謂。或者說，他是藉此在強調對彩葉的信任。

無論如何，優西比兀．比利士這名男子似乎並不是八尋想像中那種徒具冷酷高傲氣息的貴族。

「茱麗葉，還有珞瑟塔，妳們來得好。別來無恙？」

吃完餅乾的優西比兀朝自己的女兒們喚道。

茱麗與珞瑟始終站直不動，帶著安分無比的表情頷首。

「是的。」

「我與姊姊也要向您請安。」

「行了，省掉死板的問候吧。我們父女可是久未見面了。」

優西比兀一邊催眾人在沙發坐下，一邊對女兒們微笑。

希瑞爾按人數端來茶杯，並以洗鍊的動作倒紅茶。

「那麼，首先得誇妳們做得漂亮。侯爵家很滿意遠東分部的工作成效。」

等紅茶端給所有人以後，優西比兀開了口。

「僱用不死者，保護火龍巫女；捉拿地龍巫女與奧古斯托．尼森當俘虜。聽說妳們還發現了遺存寶器的相合者。多虧如此，藝廊於統合體內部的發言力大有增長，實在是了不起的功績。安德烈亞那件事固然令人遺憾，妳們的表現倒是足以蓋過其損失。」

「我們只是履行了自己應盡的職責，父親大人。」

茱麗用見外的語氣答話。

優西比兀開朗地微笑並搖頭。

「就算這樣，工作有良好表現就該回饋正當的報酬。」

「您說……報酬嗎？」

珞瑟畏懼似的臉色一僵。

侯爵看到女兒那樣的反應，便愉快地點了頭。

「藝廊決定讓妳們升遷。首先是珞瑟塔，藝廊會把南美的事業交給妳掌管，妳要以副總裁（Vice President）的身分，發揮本事於兵器事業上。」

「由我……擔任副總裁？」

「接著是茱麗葉，由妳擔任藝廊情報部的總監。妳們倆都榮升嘍，恭喜。啊，當然妳們可以直接把遠東部門的成員帶走無妨。畢竟我也相當清楚可靠的部下對妳們有多麼重要。」

「等等！請等一下！」

彩葉起身對優西比兀說的話提出異議。

八尋也用嚴肅的臉色瞪向侯爵。

「意思是茱麗她們會離開日本嗎？跟天帝家的交涉要怎麼辦？」

「儘管放心。遠東分部的業務會由我們藝廊歐洲總部接手，為此我才來到日本。可運用的戰力也會大幅提升。」

面對八尋他們無禮的質疑，優西比兀仍不為所動地立刻答話。

簡直像在依循起初就規劃好的方案，言詞暢達無礙。

「但是，怎麼會這樣……太突然了……」

彩葉支支吾吾地還想回嘴，卻沒有話可以反駁。

既然比利士藝廊是採用企業的形式經營，優西比兀身為老闆要定奪幹部的人事升遷就不是什麼怪事。更何況，茱麗她們這次處在功績獲得認可而得以升遷的立場，八尋與彩葉不過是局外者，這並非他們能置喙的問題。

「事情就交代到這裡。火龍巫女，往後我們會成為妳的助力。若有什麼讓妳掛懷，儘管來這找希瑞爾商量。」

優西比兀望著保持沉默的彩葉，看似滿意地告訴她。

「我名叫希瑞爾．基斯蘭，以後還請見教。」

白髮管家朝著呆立不動的彩葉行了禮。

後來，優西比兀又談了些無關緊要的事，八尋對交談的內容幾乎沒印象。

而且一直到最後，茱麗與珞瑟這對雙胞胎姊妹都沒有多說什麼。

# 4

「分隊長，酒不夠嘍。麻煩豪氣點，多搬一些過來。」

「你們別鬧了。再怎麼說，未免也喝過頭啦。」

在京都車站廳內搭起的帳篷底下，酒菜當前，喬許跟他的一票部下歡快喧鬧著。優西比兀·比利士為體恤遠東部隊的戰鬥員，便召開了宴席歡迎他們。

或許是因為大隊規模的戰力集結於此，安心感讓興起赴宴的戰鬥員都臉色開朗。有總部的成員接手警戒四周，因此遠東分部所有人都能放寬心喝個爛醉。

「你有喝嗎，八尋？」

當八尋從遠處望著戰鬥員們格外熱絡的模樣時，忽然被人搭話了。聲音的主人是第二分隊長帕歐菈·雷森德。

「沒有，我不喝。我姑且還未成年。」

八尋笑著把帕歐菈遞來的酒瓶推回去。

名為日本的國家早已滅亡，八尋也沒有理由乖乖守法，當下他仍避免飲酒是出於近乎固執的念頭。

哪怕只是小罪，他怕自己一旦習慣犯法，遲早會連殺人都變得無法克制。

基本上，這當中還有另一層隱情，那就是身為不死者的八尋對毒物具備絕對抗性，縱使豪飲也絕對不會醉。

「了不起。給你，這是獎勵。」

帕歐菈一邊猛拍八尋的背，一邊拿別的酒瓶塞給他。講不通耶——如此心想的八尋不由得仰頭向天。

「欸，我說過不喝啊。妳該不會是醉了吧，帕歐菈小姐？」

「沒有，我沒喝醉。」

「不是吧，妳根本醉醺醺的嘛！」

「你弄錯了。要更正。」

帕歐菈酥軟地靠著八尋的肩膀，還大口大口地灌起酒。

她脫掉了藝廊作為制服的防彈外套，身上穿的是貼身的坦克背心與短褲。帕歐菈本就具備野性的女人味，微醺泛紅的肌膚使她更顯嫵媚。

當八尋思索著要怎麼逃離這個醉鬼時，就看見碰巧在附近的魏洋。

魏洋應該也喝了不少，形象清新又美型的他在這種狀態卻依舊爽朗。魏洋察覺八尋求助般的視線，便帶著苦笑來到旁邊。

「這下得救了，魏洋哥。大家喝得這麼醉，沒問題嗎？」

八尋把爛醉的帕歐菈交給魏洋，然後放心地吐了氣。

魏洋略顯為難地瞇眼笑了笑。

「睽違半年休假嘛，或多或少會有人放縱，希望你別見怪。」

「你們放假了？」

「還發了金額滿可觀的臨時獎金喔。得感謝你才行，八尋。」

「感覺跟我無關就是了。」

八尋歪頭說道。

跟優西比兀・比利士會面時，八尋什麼也沒做。硬要說的話，頂多就是與他同行的彩葉送了妹妹做的手工餅乾給對方。

魏洋卻正色搖頭說：

「你沒聽老闆提到嗎？拉你與彩葉入夥的功勞讓茱麗與珞瑟敲定升遷了喔。之前擊潰梅羅拉電子公司，似乎頗得侯爵家歡心。」

「是喔……」

八尋含糊地應聲敷衍過去。

遠東分部跟八尋與彩葉簽約，提高了比利士藝廊在統合體內部的發言權。優西比兀本人就提過這一點。

可是，假如茱麗她們會就此與他們分別，對八尋來說便不是能開懷慶幸的結果。那一對雙胞胎與遠東分部的眾人，說來說去還是讓八尋懷有信任。

「——彩葉姊姊！妳看！」

與魏洋及帕歐菈分開的八尋在宴會場地遊蕩，便聽見小朋友們的嬉鬧聲。彩葉正在四處遊走品嚐菜餚，她那些弟妹都湊了過來。

「凜花？妳那套制服怎麼來的？」

彩葉看見凜花與平時不同的打扮，眼珠子睜得幾乎要蹦出來。

凜花身上穿的是彷彿來自古早魔法師電影的典雅學生服。她本人似乎也很中意，帶著滿心歡喜的表情當場轉圈給大家看。凜花之外的小孩也穿著同款制服。

「這是寄宿學校（Boarding School）的制服，先前訂的貨總算寄到了。」

珞瑟跟孩子們一起出現，並對疑惑的彩葉說明。

「制服……為什麼要幫凜花他們準備這些……？」

「妳提供我們協助，相對地，我們則會保障妳的這些孩子在日本國外能有安全的生活。妳與我們比利士藝廊訂下的契約便是如此。雖然之前一方面也是出於孩子們的強烈希望，契約履行一拖再拖就是了——」

「……珞瑟，意思是妳們不在以後就沒辦法像這樣通融了？」

彩葉警覺地抬起臉回望珞瑟。為什麼她會急著在這個時間點安排讓孩子們留學，彩葉也發現其中理由了。

「這個嘛，我會建議妳別輕易抱持期待。」

珞瑟含糊其辭，垂下了視線。

儘管珞瑟有許多言行不近人情，她對彩葉的弟妹們卻很好。

然而希瑞爾接手以後，未必願意像她這樣行方便。

因此，珞瑟才打算趁自己能顧及時確保孩子們的安全吧。

「他們會去讀瑞士的名門學校。我有委託可靠的組織代為監護，學費及生活費方面也交付了足夠的金額，生活應該不會壞到哪去。」

「嗯，我信任妳。不過，絢穗沒辦法一起去吧？」

彩葉繃緊臉孔，看向待在孩子們當中的絢穗。

換上新制服的所有弟妹裡，只有她是穿跟平時一樣的水手服。絢穗意外與遺存寶器相合後，就從留學成員中遭到剔除了。

「是啊，她反而不應該離開這個國家。身為相合者（Deserver），她要是脫離藝廊提供的庇護，想必各國軍方與情報機關都會相繼行動。」

「對喔……說得也是……」

彩葉落寞似的點頭，然後緊緊抿起嘴唇。

接著她用雙手拍拍自己的臉頰，彷彿就此切換心情而提高音量。

「大家排成一列！我要一個一個幫你們拍照！」

「咦咦！」

「不要啦！這樣好難為情……！」

「我聽說這只是試穿，所以尺寸都還不合，髮型也是隨便弄的耶……！」

彩葉揮著手機逼大家入鏡，她的弟妹們就齊聲抗議了。然而，這點反應當然不會讓彩葉受挫。

「不～～行。姊姊的命令要絕對服從。」

「霸道！」

「哎，有什麼關係呢。」

「咦咦……不過，既然希理這麼說……」

不久，彩葉與她的弟妹們便鬧哄哄地拍起了照片。

於是喝醉的遠東分部隊員們也聚集過來，演變成一場大規模的攝影會。

剽悍戰鬥員與純真孩童。正常來想不可能會有這種奇妙搭配，現場卻有不可思議的一體感。雖然只有短短幾個月，他們無疑是闖過了相同戰場的戰友。

「八尋，莫非你有什麼不滿？」

八尋神情嚴肅地盯著彩葉等人的模樣，使得珞瑟一臉納悶地向他搭話。

八尋回望珞瑟，用認真無比的語氣告訴她：

「呃……這個嘛，沒事。謝謝妳，珞瑟。」

「啥？」

「一直以來受了妳們許多照顧。我想先道謝，幸虧有妳們幫忙。」

「我只是單純履行契約罷了……哪裡，你、你的謝意我心領了……」

鮮少表露情緒的珞瑟難得語塞，視線還四處游移。

簡直像算準了時機，茱麗從背後驀地探出臉。

「咦，小珞，妳怎麼了？臉好紅耶。」

「茱、茱麗？那只是妳的心理作用……！」

珞瑟刻意不斷清嗓，並快言快語地找了藉口。

茱麗越顯愉快地揚起嘴角說：

「哦～～妳跟八尋在聊些什麼嗎？」

「我跟他又沒有聊到什麼大不了的事……！」

「是喔～～……」

莫名拚命辯解的珞瑟，還有戲弄妹妹作樂的茱麗。對八尋來說已經是看慣的日常景象。

一旦她們離開日本，就再也看不到這樣的互動了吧。

八尋發現自己對此感到落寞，內心因而有一絲絲訝異。

## 5

「嗚嗚嗚……八尋～～……我好寂寞～～……！」

彩葉一把鼻涕一把眼淚地把臉埋到八尋胸膛。

她在弟妹面前都表現得一臉平靜，但隨著離別逐漸接近，好像還是難免會受到刺激。

「這個嘛，哎，我懂妳的心情……」

八尋對不斷哭訴的彩葉感到有些疲倦，拖著她往搖光星走去。車站裡仍在舉行宴會，但八尋覺得彩葉這副哭哭啼啼的模樣別讓孩子們看見比較好。

然而，裝甲列車停靠的月台入口卻被幾名武裝戰鬥員堵住了。對方察覺八尋他們接近，便用凶悍的語氣警告：

「站住。前方禁止通行。」

「……禁止通行？」

八尋蹙眉，反問莫名殺氣騰騰的那些戰鬥員。

他們都穿著藝廊的制服，八尋卻不認得對方的臉。大概是優西比兀・比利士從歐洲總部帶來的戰鬥員吧。

「你沒有聽說嗎？小子，你隸屬於哪裡？」

「等等，這傢伙就是上級交代過的不死者。」

將步槍指向八尋的戰鬥員被同夥制止。

「不死者？看來還是個小孩嘛……」

戰鬥員仍舊把手指擱在步槍扳機上，朝八尋投以露骨的懷疑視線——對八尋來說已經見怪不怪，好似在看待異物的輕蔑視線。

「我只是想回搖光星，你們說的禁止通行是怎麼回事？」

八尋硬擠出笑容，盡量用友善的口氣問道。

關於搖光星遭到封鎖，他完全沒聽茱麗或珞瑟提過。這恐怕是總部獨斷下的措施。先是備酒款待遠東分部戰鬥員表示歡迎，背地裡卻在著手接收搖光星。怎麼看都有可疑的氣息。

「失禮了，鳴澤少爺。」

與八尋對峙的戰鬥員背後出現了一名白髮紳士朝他優雅地行禮。那是優西比兀的管家希瑞爾・基斯蘭。

「你是……基斯蘭先生？」

「請直呼希瑞爾無妨。目前，搖光星正在辦理從遠東分部交接至總部的移轉手續。基於保密原則，恕我婉拒兩位由此進出。」

希瑞爾以恭敬的語氣說道。他的說明本身並無古怪之處，八尋也就沒辦法再抱怨什麼。

「沒關係啦，但是那樣的話，我們要睡在哪裡才好？」

「失禮了，是我招待不周。鳴澤少爺，藝廊有準備專車供兩位營宿。」

「營宿專車？類似那輛大得誇張的露營車嗎？」

八尋想起優西比兀那輛設有辦公室的裝甲拖車，因而心生困惑。

感覺對方安排的車實在不至於跟那一樣豪華，縱使如此，還是遠比其他戰鬥員睡的臨時帳篷舒適才對。待遇太過優渥，反而讓八尋擔心是否有什麼內幕。

「正是。這裡有門禁卡，請帶在身上。另一張是為儘奈小姐準備的。」

「啊～～……我明白了。那我們拿去用嘍。」

八尋放棄抵抗，收下了希瑞爾遞來的門禁卡。他轉念一想：既然對方肯招待，自己也沒有理由發牢騷。

「我派人替兩位領路吧。請好好休息。」

希瑞爾擺出無懈可擊的笑容這麼說。在他安排的女戰鬥員帶領下，八尋他們沮喪地從現場離去。

封鎖車站的那些戰鬥員直到最後都沒有放鬆對八尋他們的警戒態勢。

「十九號車……呃，這裡啊。」

八尋仰望噴印了數字的裝甲拖車車體，發出感嘆。

希瑞爾安排的露營車比八尋想像中還要巨大。

「這什麼啊，好大一輛……超大的對不對！這已經不算車子，而是房子了嘛！」

前一刻還哭哭啼啼的彩葉，如今也目瞪口呆地杵著不動。

她講的話絕無誇大。實際上，只要底下沒有車輪，即使說這是高級公寓的樣品屋也不奇怪。就是如此豪華的車輛。

「這是比利士侯爵家為了招待客人所準備的露營車。我們的主人吩咐過，務必要請兩位入住。」

領路的女戰鬥員彬彬有禮地告訴兩人。

「這倒是令人感激，不過妥當嗎？讓我們住這麼豪華的車……」

八尋板著臉反問。

能在這種車輛上過夜的人，頂多只有轉戰世界各地的Ｆ１賽車手或者好萊塢的人氣演員，與八尋他們未免太不相稱。

「不用客氣。畢竟侯爵家的貴人都是住更高檔次的車。」

「原來還有比這更高級的啊……」

女戰鬥員微笑著說的話讓八尋驚訝過頭，只覺得傻眼。貴族的金錢觀果然令人費解，八尋決定不要深思太多。

「我明白了，可是為什麼只給我跟八尋住呢？可以把我的弟妹都叫來嗎？」

彩葉揉著哭腫的眼睛問。這麼大的露營車，就算把彩葉的弟妹都帶來，空間確實也還綽綽有餘。

戰鬥員聽了她的問題卻冷冷地微笑，然後搖了頭。

「很抱歉，那樣警備也會有不便之處。請別讓兩位以外的人上車。」

「警備？你們不用保護我跟八尋啊。再說還有鵪丸在……」

「不是那樣，彩葉。」

彩葉還想跟對方討價還價，八尋就用挖苦的態度相勸。

「受到警戒的是我們，對吧？」

「藝廊總部的戰鬥員尚未適應龍之巫女及不死者的存在，何況，侯爵家的當家也在這塊駐紮地。希望兩位能理解。」

女戰鬥員委婉地否定八尋的指謫。

具備神蝕能的不死者及龍之巫女令比利士侯爵家感到威脅。所以，他們想隔離八尋與彩葉並納入監視，豪華露營車是為此付出的代價。換言之，就是用來軟禁八尋他們的牢籠。

「是喔……有這層因素的話，那就沒辦法嘍。」

儘管彩葉鼓起腮幫子，還是不情願地退讓了。

「把這麼好的車分給我們住，也有彌補的意思在吧。」

八尋再次嘆息，並拿門禁卡開了露營車的門。

露營車的居住區內被看似水晶吊燈的照明設備照得通明。

骨董風格的桌子與寬闊的沙發；鑲了鏡子的天花板與大理石地板。豪奢得荒謬的空間讓人聯想到頂級飯店的總統套房。

「嗯，這輛車真的很棒耶。嗚嗚……假如我的帳號沒有被砍，就可以用『在超豪華露營車住了一晚』當主題拍影片上傳耶……」

彩葉緊握愛用的手機，懊惱地發出顫抖的聲音。

她的帳號因不明因素被禁之後，到現在還沒復活。對上傳影片成癮的彩葉來說，這樣的處境似乎讓她倍感壓力。

即使如此，她還是在露營車裡到處拍照，看見稀奇的家具或設備就會「呀啊」地發出歡呼。

「唔哇，電視好大！廚房也亮晶晶的！還附了浴室！」

「……為什麼浴室是用玻璃隔間啊……」

八尋看著設置在客廳旁的淋浴室，感覺頭有點痛。圓柱形的淋浴室採用透明隔間，裡頭看得一清二楚。

然而，領路的女戰鬥員一臉認真地回望困惑的八尋說：

「因為這樣的需求並不少。」

「什麼需求啊……！」

「再進去就是寢室。」

「寢室？只有一個房間嗎？」

「請不用擔心，房裡準備了大尺寸的床鋪。」

說完，她打開臥室的門。

八尋望向色調統一成淡粉彩的房間，臉上露出苦惱的表情。

兩人份的枕頭理所當然似的緊靠在一塊，還細心準備了質料透明的睡衣。這年頭就算是新婚夫婦的寢室，應該也不至於這麼露骨。

「呃，問題不在於床鋪大小……」

「還有鳴澤少爺，請你千萬別忘記這個。」

「咦？」

八尋收下領路女子塞過來的小盒子，然後詫異地瞪大了眼睛。那是標有百分之一毫米單位的數字，旨在用於避孕的橡膠製品。

「欸……妳……！」

「那我就失陪了。之後請兩位盡情享受。」

「不要用那種會招來誤解的說法！」

領路女子無視八尋的抗議，匆匆離開了露營車。

八尋手握遞來的小盒子，覺得渾身無力。

「怎樣怎樣？八尋，只有你拿到了什麼？」

受動搖的八尋到現在仍未鎮定，拍完室內的彩葉就純真無邪地朝他問道。

八尋連忙把小盒子藏進口袋。

「呃，這個……沒什麼啦。反正跟妳沒有關係……！」

「為什麼啦！給我看又不會怎樣！聽了會好奇啊！」

「哎，混帳……不跟妳扯了。彩葉，床給妳睡。我睡那邊的沙發。」

八尋急得聲音變了調，還生氣似的粗魯地告訴她。

彩葉一臉呆愣地回望八尋，並且微微歪頭問：

「為什麼？睡兩個人綽綽有餘啊。」

「我沒那麼有餘裕啦！」

「八尋，你睡相那麼差嗎？啊，對了，我可以帶鵺丸上床一起睡吧？」

「那倒沒有關係，妳高興就好。」

「嗯，我知道了——說到這，鵺丸跑去哪裡了？」

彩葉環顧四周，找起了總是跟自己在一起的白色魍獸。

露營車的門隨即被打開，有人走進來。

還以為是領路女子回來了，出現的人影卻遠比想像中嬌小。那是把尺寸等同於中型犬的魍獸像布偶一樣抱在胸前的少女。

「瑠奈嗎……？」

「咦，瑠奈？妳怎麼一個人來了？那些警衛呢？」

八尋與彩葉訝異地各自開口向少女問道。

彩葉的么妹——瀨能瑠奈便仰望八尋他們，靜靜地搖了頭。

「有客人。來找八尋你們的。」

「……客人？」

瑠奈當著一臉納悶的八尋面前，悄悄遞出了抱在手上的魍獸。

八尋與彩葉表情一僵，因為他們發現那隻魍獸並不是鵺丸。

跟彩葉搭檔的純白魍獸像是要保護瑠奈，正安分地坐在她腳邊。瑠奈手裡抱著的則是尺寸酷似鵺丸——卻截然不同的另一種個體。

要形容的話，鵺丸長得像狐狸或狼，反觀這隻魍獸則有著狸貓般的神韻。

而且毛皮是帶有光澤的漆黑毛色。

「有……有兩隻鵺丸……？」

彩葉慌亂似的比較起兩隻魍獸。

「這隻魍獸，妳是從哪裡撿回來的？」

八尋蹲到瑠奈面前，配合她的視線高度提出了疑問。

感覺鵺丸實在不可能自己增殖，但是這麼小的魍獸會隻身混進藝廊總部的駐紮地，想必也不是巧合。既然並非巧合，想成有他人的意志介入才自然。

彷彿在佐證八尋的臆測，黑色魍獸用具有知性的眼神凝視八尋。接著它突然以人類的嗓音開口說話。

『——呵呵，總算見面了呢。』

「什……！」

八尋錯愕地倒抽一口氣。

漆黑魍獸稍稍瞇起金色眼睛，尋開心似的看著驚訝的八尋。

「魍獸……講話了！」

「妳是什麼人……！」

彩葉的音調高了八度，八尋則無意識地把手伸向刀柄。

以往八尋遇過許多魍獸，懂人話的個體卻是首次碰見。彩葉應該也一樣。

然而，與動搖的八尋他們呈對比，瑠奈與黑色魍獸顯得冷靜。

『問我是什麼人，你的問候詞可真中聽。兩位不是為了見我才來到京都的嗎？』

「什麼……？」

魍獸隨口說出的話讓八尋再度受到震撼。

並不是因為無法理解對方說了什麼。這次八尋心裡有數，才吃了一驚。

『不過，以這副模樣見面，會嚇到兩位確實也是在所難免。未能及時自我介紹，容我在此向兩位道歉。』

黑色魍獸依然被瑠奈抱在臂彎裡，微微低下頭賠罪，舉動莫名有人味。

「難道……妳就是……」

八尋用沙啞的嗓音反問。

黑色魍獸愉快地從喉嚨發出格格笑聲，然後以嚴肅的口吻告訴八尋：

『是的。我名為妙翅院迦樓羅，是遠古的弒龍者一族——「天帝家」的後裔。』

# 6

「妳就是……妙翅院迦樓羅……？」

八尋感到強烈暈眩，看了被瑠奈抱著的黑色魍獸。

尼森確實說過妙翅院遲早會派人過來迎接，然而以這種形式來臨超乎八尋他們預料。

「難道說，妳的真身是這副模樣……？」

『這副模樣？啊，你是指小黑嗎？』

自稱迦樓羅的魍獸一臉不可思議地反問。

「……小黑？」

『這孩子是我使役的魍獸之一。』

「使役魍獸？難道說……妳真的有跟彩葉一樣的能力……？」

八尋看向身旁的彩葉。彩葉連忙搖頭。

「八尋，我沒辦法操控鵺丸喔。而且我又沒有教魍獸說過話……」

『不是的，我也沒有教魍獸說話。這只是借用小黑的身體而已。妳也能辦到一樣的事才對，儘奈彩葉。』

「是、是嗎？」

『是的。不過妳跟無法離開禁域的我不同，也許就沒有必要這麼做。』

黑色魍獸用有些落寞的語氣說道。彩葉疑惑地輕輕歪過頭問：

「妳說的禁域是……？」

『由迷途結界守護的妙翅院領地。要是我離開這塊土地，就會失去結界的庇護。』

「這樣啊……所以妳才把我們叫來京都。」

『是的。如兩位所知，天帝家的立場相當艱難。唉，這也難怪。從統合體的觀點，我們應該是礙眼的存在。』

迦樓羅借魍獸的口說出這些，然後自嘲似的嘻嘻笑了笑。

身為早已亡國的為政者後裔，還知道龍的祕密，至今仍存活於世的神祕一族——統合體企圖壟斷龍的知識，肯定會覺得天帝家礙事才對。

「尼森說妳知道讓日本人復活的方法。他說的是真的嗎？有方法可以讓變成魍獸的日本人恢復原樣？」

八尋用認真的表情問迦樓羅。

比利士藝廊俘虜珠依而沒有殺她，還冒險來到京都，一切都是為了讓日本人復活。而且對統合體來說，迦樓羅握有的知識理應是最難容忍的情報。

『是啊。至少我相信有可能。』

「真的？」

『嗯。』

迦樓羅乾脆地肯定了八尋的疑問。

接著，她狠狠地瞪向伸手摸起她下巴的彩葉。

『話說，儘奈彩葉，妳為什麼在摸我的喉嚨？』

「啊，對不起。因為這樣好像讓妳很舒服，我忍不住就……」

『我並不是在對妳抱怨，想摸就摸啊。鳴澤八尋，你也不用客氣。』

「呃……不用了，會講人話的魍獸感覺實在有點……」

八尋僵硬地笑著轉開視線。迦樓羅略顯受傷似的不開心地說：

『難得有機會讓人摸我這身自豪的毛皮呢，罷了。畢竟也沒時間，我們進入正題吧。』

「麻煩妳。」

『那我就直說了，我想委託你們救我出去。』

「……救妳出去？」

迦樓羅唐突的發言，讓八尋和彩葉發出疑惑的聲音。他們一時間沒能理解她說了什麼。

然而，迦樓羅不顧疑惑的八尋他們，繼續說道：

『是的，希望你們能協助我脫離京都。目前妙翅院家的領地已經被統合體的戰力完全包圍了。』

「妳說包圍，意思是被統合體攻擊了嗎……？」

八尋神色緊繃地反問。

妙翅院的領地遭到攻擊，代表迦樓羅本身正蒙受生命危險。正常來講應該不是能平心靜氣的處境。

迦樓羅卻泰然地點頭回答：

『這個嘛，狀況並不算分秒必爭，要獨力脫離包圍卻有困難。當下有迷途結界攔阻敵人接近，但是被大軍從四面八方包抄，只讓他們方向感錯亂也實在難以成事。』

「等等，天帝家不是在協助統合體嗎？」

『不，至少並不能稱為同伴。與其說雙方在表面上並未敵對，應該解讀為對方之前都不敢動手。』

「既然這樣，你們為什麼會忽然遭受攻擊？」

八尋感到混亂卻仍設法要整理情報。

假如迦樓羅所言屬實，表示之前理應畏於出手的統合體是在突然間派出了大軍向天帝家展開攻擊。

倘若如此，統合體內部恐怕有了什麼改變。

『因為那個男人——優西比兀．比利士來到了日本。』

迦樓羅冷冷地笑著回答。

八尋與彩葉頓時沉默，然後同時發出聲音。

「優西比兀……！」

「欸，妳是說茱麗她們的爸爸嗎！」

『優西比兀．比利士在統合體中也算是強硬派的一分子。他們主張要積極利用龍之力，藉此掌握世界霸權。橫濱會出現魍獸作亂——當時在山瀨道慈背後指使的就是他們。』

黑色魍獸淡然說明。她那些話裡並沒有扯謊或欺瞞的味道。

彩葉混亂似的微微搖頭問：

「可、可是，當時遭受襲擊的是藝廊的遠東分部耶。明明有自己的女兒在，為什麼他要做那種危險的事情？」

『襲擊遠東分部的人，不也是來自比利士藝廊嗎？』

迦樓羅冷靜地反問彩葉。彩葉瞠目沉默下來。

於橫濱襲擊藝廊的主謀是安德烈亞・比利士——比利士藝廊大洋洲分部的營運長。

『從優西比兀的角度來看，最後存活的是哪一方都一樣。只要能讓全世界都認清龍有多恐怖，進而引發全球規模的災害就行了。』

「……只聽妳的說法，姑且會覺得真有那麼一回事。」

八尋挖苦般道出感想。

迦樓羅的發言有其脈絡，卻沒有任何證據。如果要急著把她說的話照單全收，並且與優西比兀為敵，風險實在太高。

『的確，光聽我的說法也許不足以取信。』

迦樓羅略顯愉悅地搖頭。

『那麼，兩位覺得優西比兀為什麼會挑現在親自來日本呢？如果我說他帶人過來是為了拖住你們一行人，兩位是否心裡有數？』

「拖住我們……難道說，外頭舉行宴會，目的在於爭取時間？」

八尋的臉頰有一絲緊繃。

優西比兀．比利士對遠東分部至今的功勞表示讚賞，還保證會讓眾人升遷與休假。接著就以設宴歡迎的名義，準備了豐盛酒菜招待。光看這部分帶來的印象，他是個體恤部下而慷慨的雇主。

但是以結果來說，藝廊的遠東分部遭到解散，茱麗與珞瑟實質上也形同被趕出日本。八尋等人想跟妙翅院迦樓羅見面，好讓日本人復活的目的，明顯受到了優西比兀干擾。

藝廊歐洲總部會派出足以包圍京都車站的大部隊，若想成是為了消滅天帝家也就合情合理。

『他應該是打算在這裡封鎖你們一行人的動作，再趁空檔消滅我們吧。對統合體來說，龍之巫女與不死者也是無法估算的不確定要素。對方想必會盡量避免牽連你們兩位進來。』

「……比利士侯爵想消滅天帝家，是因為妳有意讓日本人復活嗎？」

八尋用發抖的嗓音問迦樓羅。迦樓羅略作思索似的沉默下來，然後回答：

『你這樣理解大致上沒錯。無論是要讓日本人復活，或者實現他們期望的全球規模大殺戮，都需要天帝家持有的遺存寶器。』

「遺存寶器……」

『是的。被稱為神器的特殊遺存寶器。』

迦樓羅所說的話，讓八尋想起梅羅拉公司曾經保有的神器。為了回收名為草薙劍的那件遺存寶器，統合體特地派出了身為龍之巫女的舞坂雅，表示統合體已經看出神器具有這等價值。

既然天帝家保有與草薙劍同等級的神器，統合體應該就有足夠的理由攻擊他們。

「就算那樣，為什麼會挑這個時間點？如果真的嫌你們天帝家礙事，以往統合體要動手多的是機會吧？照理說，他們沒必要特地乖乖等我們到京都。」

『狀況改變了啊。因為有橫濱發生的那起事件。』

迦樓羅立刻回答了八尋的疑問。八尋頓時理解內情。

「珠依嗎……！」

『沒錯。統合體的強硬派想利用鳴澤珠依讓地龍現世，結果不僅失敗了，還犯了讓她被擄走的失誤。』

珠依曾利用自己賦予庇佑而成為不死者的八尋，打算讓地龍現世。

可是，她的圖謀因為彩葉的存在而泡湯了。對統合體來說，那樣的結果應該完全出乎意料。

他們的計畫會脫序，最大的主因在於有意外人物倒戈。

『理應負責管理鳴澤珠依的奧古斯托．尼森反叛，這成了最後的臨門一腳。多虧如此，強硬派完全失去餘裕，結果就不得不像這次一樣動用武力來硬的了。』

「現在不是讓妳事不關己般說這些的時候吧……！」

先前都默默在旁邊聽的彩葉終於按捺不住地叫了出來。

當他們談這些時，優西比兀派出的大軍仍在對妙翅院家展開侵犯，確實沒有空讓人悠哉地討論。

「八尋，珠依目前是在……？」

彩葉的疑問讓八尋回神抬起臉。

陷入昏睡狀態的珠依是躺在搖光星搭載的維生裝置當中。而現在管理搖光星的是藝廊歐洲總部。

趁現在的話，優西比兀那些強硬派就可以毫不費工夫地要回被俘虜的珠依。希瑞爾會封鎖搖光星周遭人員進出，正是為了將珠依運走。

「彩葉，妳留在這裡！瑠奈和迦樓羅小姐——應該說，那隻魍獸就拜託妳了！」

八尋不等彩葉回話就拔腿衝出露營車。

瑠奈抱著魍獸，一語不發地凝視八尋的背影。

# 7

相較於八尋與彩葉被趕走的一小時前，藝廊總部對京都車站的封鎖變得更森嚴了。

不過關於入侵月台的手段，八尋倒沒有必要煩惱。

因為八尋剛進入站廳，就碰上了帶著十幾名戰鬥員，貌似管家的男子。

他們正在搬運一組跟擔架相連接的維生艙。

擔架上躺的當然就是珠依。

「希瑞爾．基斯蘭！」

喘著氣趕來的八尋將希瑞爾叫住。

希瑞爾制止身邊同時舉槍瞄準的戰鬥員，對八尋投以微笑。

「哎呀，鳴澤少爺，請問怎麼了嗎？」

「還問我怎麼了！你們打算對珠依做什麼……！」

八尋朝沉睡不醒的妹妹瞥了一眼，然後逼問希瑞爾。

「鳴澤珠依小姐要送往醫療設施接受治療。因為我接到的報告指出，她一直都陷於原因不明的昏睡狀態。」

「治療？」

「正是。我們會細心照料，請放心。」

即使被八尋近距離瞪著，希瑞爾仍面不改色。他毫無愧色地平靜答話。

「成為俘虜的地龍巫女是比利士藝廊的寶貴資產，何況她如果能恢復意識，對身為哥哥的你也非壞事才對啊。」

「是啊。假如你們真的值得信任。」

「鳴澤少爺信不過我們？我們跟遠東分部一樣是比利士藝廊喔。」

「你們先是偷偷摸摸地想把珠依帶走，還真有臉講這種話。」

八尋凶狠地笑著威嚇希瑞爾。

然而，希瑞爾無辜似的緩緩搖頭。

「說我們瞞著你想把鳴澤小姐帶走是場誤會。遠東分部的業務將由我們接手，你也聽說過才對。」

「跟妙翅院迦樓羅交涉需要珠依。」

「我明白。」

「妙翅院說能讓日本人復活，為此就需要珠依的力量。」

「那真是件美事。不過，我們終究是生意人，沒有利益就無法行動。天帝家支付的利益，若是能大於將她轉賣給統合體就太好了。」

希瑞爾臉上始終洋溢著溫和的微笑，絕情地冷冷說道。

八尋氣得瞠目，反射性地將刀身拔出鞘口。

「請住手。你打算與藝廊為敵嗎？」

希瑞爾的聲音失去溫度了。

他背後的那些戰鬥員早把槍口對著八尋。在這種距離下遭到步槍集中火力攻擊，就算是不死者也免不了喪失戰鬥能力。

即使如此，八尋還是沒有放開刀。當下他跟希瑞爾距離極近，戰鬥員們理應無法開火。

「我總不能讓你們把珠依交給統合體。」

「這項要求……令人意外呢。」

「哪裡意外？」

「因為我聽說你痛恨鳴澤珠依。」

「那項情報沒錯啦。我到現在還是想殺了珠依。」

八尋撂話的同時壓低姿勢。

希瑞爾已經在八尋出手的範圍之內。以他為人質，將珠依搶回來。

只要能搶到一輛裝甲車，最糟的情況下，就算八尋要獨自趕往妙翅院的領地應該也並非不可能。八尋瞬間盤算到這些，並猛蹬通道地板。

「所以要是你們從我手邊把珠依帶走就傷腦筋了！」

拔刀的八尋一邊壓低姿勢，一邊繞到希瑞爾側面。

當八尋想直接把刀架在管家脖子上時，表情隨之僵住了。

八尋握刀的右手像被固定在半空，動彈不得。錯了，不僅是右手，連左手都一樣，而且雙腳也完全被剝奪了自由。

非得凝神才能看清的鋼索比髮絲還細，將八尋的身體重重綑住。

「到此為止嘍，八尋。」

「茱麗……？」

八尋注意到從身後的黑暗中出現的嬌小少女，因而皺起臉。

在八尋周圍布下鋼索的是茱麗葉．比利士。在她旁邊，雙胞胎妹妹珞瑟也在。

過去無條件當成夥伴信任的她們倆原本就是比利士侯爵家的人。八尋想起了這理所當然的事實，便將牙關咬得喀喀作響。

「請把九曜真鋼交出來。你若與藝廊敵對，會連累到彩葉那些孩子的立場喔。」

珞瑟用公事公辦的語氣告訴八尋。

八尋聽出她話裡的含意，氣得簡直連腦子都快要沸騰。

「你們打算拿那些小孩當人質嗎……！」

「何苦現在才問這些。我們與他們之間的關係，你應該從最初就明白。」

珞瑟傻眼般嘀咕，並靜靜地搖了頭。

八尋這才無話可說。

「不愧是茱麗葉大人與珞瑟塔大人，被稱為姊妹中的佼佼者果真並非虛傳。」

希瑞爾用毫無情緒的嗓音稱讚姊妹倆。

接著，他像看待摔破而失去價值的餐具那樣望向八尋，說道：

「請容我拘拿你。很遺憾，不死者少年。」

# 第二幕 起事

THE HOLLOW REGALIA

CHAPTER.2

## 1

淪為受囚之身的八尋被帶到位於車站附近的飯店客房。

即使稱作飯店，那是從大殺戮發生算起已經棄置了四年以上的廢墟。

不過除了多少瀰漫著灰塵，外觀看起來並不算太糟。

房裡備有簡易洗手間，也有床鋪。以俘虜來說，待遇應該還算不錯。

「以牢房來講，這房間挺舒適的嘛。」

雙臂被銬上手銬的八尋朝房裡看了一圈說道。

「八尋，藝廊並沒有打算認真與你為敵喔，至少在上層認為仍有說服餘地的這段期間是這樣。說來說去，不死者到底是寶貴的戰力。」

茱麗回應八尋的嘀咕。

她在拘拿八尋之後就直接跟到了這個房間。

當然，還有四五個八尋不認識的歐洲總部戰鬥員隨行。倒不如說，他們才是真正負責看守八尋的人。

「所以呢，為什麼連妳都進了房間？」

「我的定位類似於談判者。只要你認真起來，就算把你關禁閉也沒意義吧。感覺用美人計拉攏你還比較有效呢。啊，還是說讓小珞來陪你比較好？」

「對喔。要說的話，跟珞瑟談判會比較輕鬆。」

「你果然很內行，八尋。別看小珞那樣，她的心腸可善良了。」

「我只是覺得她的心思比妳好理解。」

八尋回望跟往常一樣我行我素的茱麗，厭煩地嘆了氣。

茱麗才剛做出背叛八尋的舉動，態度卻絲毫沒變。光是講幾句挖苦或譏諷的話，似乎無法對她造成打擊。

「為什麼妳要妨礙我，茱麗？」

八尋不再跟對方兜圈子，而是開門見山地問。

「我反而想問，在那種狀況下，你覺得自己能把珠依帶走嗎？就算帶走了，之後你要怎麼辦？」

「這……」

被茱麗正色反問，八尋無意識地轉開目光。

八尋有自信藉著抓希瑞爾當人質能闖過那一關。然而，要帶著昏睡狀態的珠依擺脫藝廊追擊，應該就斷然不可能了。

儘管八尋不太願意認同事實，但那無疑是莽撞的行動。

「何況你也不用擔心藝廊會粗魯對待珠依啊。她在龍之巫女當中也屬於特別的。希瑞爾說要治療她，你照字面上的意思解讀就可以了。尼森也是這麼想才會乖乖配合吧？」

茱麗突然轉向背後呼喚。看守的戰鬥員帶了穿西裝的黑人男子進來房裡。

「尼森？原來你也被抓了？」

八尋訝異地朝尼森喚道。

搖光星抵達京都以後，八尋就在想尼森一直不見人影，卻沒想到他是被藝廊拘拿了。身為遺存寶器相合者的尼森只要有意，想必隨時都可以輕易從藝廊脫逃。

「畢竟我姑且是俘虜，總不能任意在藝廊的駐紮地到處走動。為了做面子給抓到我的比利士姊妹，目前還是安分為上。」

尼森聳聳肩說完，就在空著的沙發坐下。

「幸好你明事理。尼森果然是大人。」

茱麗滿意地笑著說道。看來她是打算一併監視八尋與尼森兩人。

八尋不懂茱麗為什麼要這麼做。

然而，對八尋來說這樣正好。因為八尋有話非轉達給尼森不可。

「聽我說，尼森。迦樓羅小姐已經來了。」

「……這樣啊。她用了魍獸嗎？那是她的神蝕能。」

尼森不顯訝異地點了頭。

他當著茱麗面前爽快地揭露了迦樓羅的權能，八尋對此感到驚訝。

茱麗卻什麼也沒說，只是和氣地一直保持微笑。

八尋大嘆一聲搖搖頭，下定決心把話說下去。

「妙翅院的領地好像被統合體的部隊包圍了。不趕去援救的話，她會有危險。」

「原來如此。」

「現在哪是冷靜的時候！憑你的能力，要打破這種牢籠很容易吧！」

尼森的反應意外淡薄，使得八尋扯開了嗓門。

可是，尼森靜靜地搖頭，然後拉開自己的襯衫領口。有一個並不好看的項圈套在他的脖子上。

「要打破牢籠很容易。假如你認為比利士藝廊理解這一點還會毫無對策地擱著我不管，那就太過樂觀了。」

「難道說，這是炸彈……？」

套在尼森脖子上的引爆裝置，尺寸約同於小型機械錶。但是，要炸飛他的頭應該是有足夠威力。

「你身為不死者，就算脖子以上都被炸飛，花點時間應該還是能復活。遺存寶器的相合者多少也有再生能力才對，但我實在沒有意願用自己的身體測試。」

尼森用讓人感受不到悲愴的冷靜語氣說道。

「你不能用血鎧（Gore Clad）防禦嗎？」

八尋感到不知所措，但仍如此提議。

不死者於戰鬥中顯現的「血纏」，是透過龍因子部分重現的龍人鱗片，連槍彈都可以彈開的不死者鎧甲。八尋曾經目睹尼森使用與那相同的能力。

但是，血纏當然並沒有足以稱為無敵的絕對防禦力，無法連爆炸的衝擊都擋下。即使如此，八尋還是覺得比毫無防備地被炸像樣。

「也對，應該值得一試。但是，現狀並沒有急迫到非賭不可。妙翅院的結界並沒有被打破吧？」

「是啊。迦樓羅小姐是這麼說的。」

「那就不必急。基本上，進攻天帝家也不是統合體的一致見解才對，否則藝廊根本不必擺宴拖住遠東分部。」

尼森換邊蹺腳，並愉悅似的微笑。他似乎從最初就發現優西比兀安排宴會的目的了。

「你想說統合體內部有對抗強硬派的勢力？」

強硬派已無餘裕——八尋想起迦樓羅這麼提過。地龍現世失敗，又失去鳴澤珠依，他們因而被逼急了。

「無論是什麼樣的組織，都會有派系內鬥，統合體也不例外。他們反而從成立開始就是與團結或忠誠無緣的組織。」

「可是，天帝家滅亡的話，結果不就稱了強硬派的意？」

八尋反駁尼森。

強硬派奪回珠依，還俘虜了身為叛徒的尼森。再來只要把天帝家的神器搶到手，便無人能阻礙其野心。正因為如此，優西比兀才會不計成本投入大軍，想將天帝家趕盡殺絕吧。

「反過來說，如果殲滅天帝家失敗，強硬派的立場就會相當狼狽呢。」

茱麗突然插嘴加入八尋他們的對話。儘管話題談的是她父親，茱麗的用詞卻冷酷無情，使得八尋吃了一驚。

「茱麗……？」

「沒有錯。說得更精確一點，是妙翅院家保護的神器與鳴澤珠依。只要你們能將這兩項拿到手，局面便會改變。」

「珠依……又是她啊……」

八尋聽了尼森說的話，便不耐煩地緊握拳頭。

「為什麼優西比兀．比利士和天帝家都這麼執著於珠依？她身上有什麼祕密！」

「呵……」

怒氣無處發洩的八尋舉拳捶牆，尼森見狀便微微失笑了。

「有什麼好笑？」

「沒事。我只是覺得有點不可思議，從小跟她一起生活的你居然要問我們這一點嗎？」

「什麼意思？」

「是的，她是特別的龍之巫女。為什麼鳴澤珠依跟其他巫女不同，只有她會頻繁遭受死眠侵襲？為什麼她要殺死你父親？根本來說，她為什麼會跟你一起生活——這些全是一環扣一環的。」

彷彿在出謎題一樣，尼森淡然告訴杵著不動的八尋。

八尋連反駁都反駁不了，只能茫然聽他說。

「尼森，你說過要讓日本人復活需要珠依，對吧？」

「對。」

「而丹奈小姐不惜與我們敵對，也要搶回珠依。那是有理由的吧。他們有非得搶回珠依的理由。」

「沒錯。鳴澤珠依身上有祕密。」

尼森靜靜地頷首。

一瞬間，八尋臉上浮現黯然之色。

受到對珠依的憤怒與憎惡迷惑，八尋都沒想過要了解她本身。八尋感覺到這樣的事實就攤在眼前。

「你知道答案是什麼嗎？」

「這個嘛，我個人對她進行調查後確定了某些事，你要聽嗎？」

「不……不用了。那應該是我得自己確認的吧。」

八尋猶豫片刻才拋開迷惘似的搖了頭。

那只是一種固執。以兄長身分長大的自己要聽外人講珠依的祕密，感覺對她未免太不誠懇。

「不錯的判斷。那麼，算我多事，給你一個建議吧。有方法能讓鳴澤珠依醒來。」

「你……從一開始就曉得嗎！」

八尋錯愕地瞪向尼森。

既然能讓珠依甦醒，搬運她就不必連接維生裝置，來京都的路上還可以對她進行審問。

但是，那樣大有可能在移動中跟珠依起衝突。尼森就是顧慮這一點吧。雖然是自私的判斷，卻未必有錯。

「鳴澤珠依陷入死眠的原因是欠缺龍因子。她在召喚地龍之際灌輸給你的龍因子都被儘奈彩葉用淨化之焰焚滅了。假如想讓鳴澤珠依醒來，只要填補她所欠缺的龍因子就行了。」

「填補欠缺的龍因子？用什麼方式？」

八尋詢問把話說得挺簡單的尼森。

尼森回望八尋，若有深意地對他瞇起一邊眼睛。

「你應該早就知道答案了。從不死者身上奪取就好。」

「……你指的是我被迫吻珠依那一次嗎？」

八尋不滿地板起臉。

當八尋等人為了阻止失控的山龍而向珠依求援時，她提出的條件就是要八尋獻吻。假如那是為了填補欠缺的龍因子所進行的儀式，就能說明珠依為何會提出那種不對勁的要求。

「接觸鳴澤珠依時，你要小心，別連不情願給出的東西都被她奪走。」

尼森以委婉的用詞給予忠告。

八尋聽了，默默地點了頭。

## 2

「珞瑟！八尋被拘拿是真的嗎！」

彩葉抱著黑色魍獸，闖進藝廊遠東分部成員聚集的宴會場地。她在設於站廳內的野戰帳篷底下找到珞瑟，激動地甩著頭髮逼問對方。

「為什麼八尋非得被抓！追根究柢，都是因為藝廊那些人想擅自將珠依帶走啊！」

「妳冷靜點，彩葉。八尋有茱麗陪著，不會出問題。」

珞瑟望著扯開嗓門的彩葉，用平靜的口吻告訴她。她那冷冷的氣息一瞬間讓彩葉差點折服。

「不對不對不對，怎麼會沒問題！珠依要怎麼辦呢！」

「那只是以治療的名義將她隔離。」

「隔離？」

「對。因為她是比利士藝廊的俘虜，還是寶貴的龍之巫女。」

彷彿在複誦事先錄音的語句，珞瑟用不帶感情的語氣答話。接著她把視線轉向彩葉抱著的黑色魍獸問：

「重要的是，那隻黑色魍獸是怎麼來的？」

「咦！這、這孩子是……呃，應該算鵺丸的朋友……很、很可愛吧？」

彩葉僵硬地別開目光，想將問題搪塞過去。

然而，彩葉在這時候察覺到帳篷周圍的景象與自己預料中有些不同。

擺宴吃剩的餐盤還留著。

空酒瓶卻不如想像中多。遠東分部的隊員只有起初曾飲酒喧鬧，此刻他們早就已經醒酒了。

而且他們一邊愉快地閒聊，一邊仍埋首保養槍枝。

簡直像正準備殺去某座戰場的光景。

「喬許先生他們是在做什麼呢？」

「解除武裝。因為藝廊遠東分部決定要解散了。」

「分部……要解散……？」

彩葉歪過頭，重複珞瑟說的話。解除武裝的說明讓她感到不對勁，但是在繳回愛用的武器之前，會先分解清理也不是無法理解。

「對喔。畢竟珞瑟妳們都要離開日本了。」

「是啊，搖光星的所有權也被移交給藝廊總部了，留守在橫濱基地的部隊也預定會各自回國。」

「大家都不在了……凜花他們也得上學……」

彩葉感覺到眼底一陣刺痛，微微地吸了吸鼻子。遠東分部的隊員以及弟妹們即將跟她分別的事實，彷彿重新攤在眼前。

「彩葉。」

鮮少展露情緒的珞瑟難得看著彩葉表示關心。

彩葉連忙搖頭說：

「不要緊！我會跟迦樓羅小姐合作，然後讓日本人復活……啊……」

「怎麼了嗎？」

「那位迦樓羅小姐在向我們求助。珞瑟，她說妙翅院家的領地被統合體的部隊包圍了，而且派出部隊的就是妳爸爸……」

「……這樣啊，那個男人行動了。」

或許把迦樓羅委託的內容轉達給珞瑟不太妥當——一瞬間，彩葉曾如此感到後悔，珞瑟的反應卻跟預料中不太一樣。

彷彿在分析優西比兀的行動，珞瑟一臉認真地沉思。

「行動比料想中更早，表示他就是如此焦急吧。」

「妳不驚訝嗎，珞瑟？」

「那男的來日本時，我就預料到局面可能會這樣演變了。他解散藝廊的遠東分部，應該也是為防萬一。」

「什麼意思？」

「那男的怕我跟茱麗背叛。」

說完，茱麗嘴邊浮現一抹優雅的笑。

「背叛？可是，比利士侯爵稱讚過妳們啊，還說妳們是榮升。」

「那不過是他用來跟藝廊遠東分部搶功的藉口。那男的唯一的長處，就是要小聰明玩弄權術保全自己。」

「珞、珞瑟……？」

珞瑟辛辣地談論自己的父親，使得彩葉錯愕地凝視她。聽珞瑟的言詞，會覺得她簡直對優西比兀心懷憎恨。

「十八人。」

「咦？」

「這是人偶系列——比利士一族以人工方式產下，我的姊妹的數量。」

珞瑟把手湊到自己的胸口，自言自語似的嘀咕。

「活下來的只有茱麗與我兩人，其他姊妹全都消耗殆盡了。被丟在絕望戰場的孩子還算好的；打著性能測試的名義，被迫相殘的姊妹可不只一兩組。最後一個姊妹，我已經親手殺害了，在橫濱。」

「遭遇那種事，珞瑟妳們還是要為比利士家付出嗎？」

「嗯，當然了。除此之外，我們別無求生的手段。」

話說到這裡，珞瑟自嘲般閉上眼。

「是的。過去我們沒能掌握，復仇的機會。『一直到今天，這個瞬間』。」

「咦？」

當珞瑟再次睜眼時，身上散發的氣息已經截然不同。讓人聯想到精密機械的無表情面具就此剝落，眼裡浮現了以往從未展露的光彩。

「喬許，轉告遠東分部的全體人員。等候已久的主菜是時候品嚐了。」

「小姐……」

原本哼著歌在保養手槍的喬許看似訝異地抬起了臉。於是在下個瞬間，他嘴邊露出了與肉食獸相近的凶猛笑容。

「哈哈，收到！所有人聽著！小姐有話要我轉達。大家在等的那道菜，總算是放涼可以

入口啦！」

起身的喬許環顧四周，並且粗野地高呼。

霎時間，遠東分部的戰鬥員們變得鴉雀無聲。隨後，現場引爆了歡喜的吼聲。

「怎、怎樣……？發生什麼事了？」

彩葉朝那些顯得異常興奮的戰鬥員看了一圈，呆立在原地。

藝廊遠東分部發生了什麼狀況，彩葉完全不懂。唯一能理解的是，他們等待這一刻已經很久了。

這種近似滾沸殺意的異常興奮，過去都被他們壓抑在心底，為了不讓任何人察覺，悄然隱藏著——

「『復仇該在淡忘時』——這道名為復仇的菜，在徹底放涼以後再享用似乎才是最美味的呢，彩葉。」

「咦？」

珞瑟已經恢復冷靜，說話卻還是唱歌般的欣喜語調。

接著，她感觸萬千地細語：

「來吧，復仇的時刻到了。」

# 3

八尋最先感受到的異象是震動。

讓人聯想到大地震的前兆，地面斷斷續續產生搖晃。

然而，巨響跟著傳來，八尋便發現搖晃是爆炸造成的。部署於藝廊駐紮地的裝甲車遭人爆破了。

「砲擊？不，是炸彈嗎？外頭出了什麼事？」

飯店玻璃窗遭受爆壓餘波，正在不停地顫動。

爆炸的閃光不時將夜空染白，京都車站周圍似乎也發生了火災。

大粒雨珠灑下般的聲音，恐怕是機關槍聲。

「小珞好像開始反叛了呢。」

在心急的八尋旁邊，茱麗露出了愉悅的表情。

「反叛？」

「意思就是藝廊遠東分部背叛總部了。不對，說是背叛應該不精確。畢竟我和小珞從來就沒有跟那個男的站在同一陣線。」

「啥？」

八尋困惑地看向茱麗。

茱麗身為藝廊的營運長，還被老闆優西比亢親口誇讚功勞，現在卻主動宣稱自己是藝廊的敵人。八尋無法理解反而是當然的。

而且八尋尚未從混亂中振作，飯店走廊就傳出了槍聲。

緊接著，走廊牆壁在扭曲變形後坍塌。

看守的戰鬥員受到牆壁坍塌波及，因而發出哀號，槍彈更在他們陣腳大亂時來襲。儘管是非殺傷性的橡膠彈，卻足以讓動彈不得的那些戰鬥員無力化。

當八尋茫然杵著不動時，擊倒看守的那些戰鬥員的襲擊者便魚貫進入房裡。八尋看見對方，不禁發出呆滯的驚呼。

襲擊者的真面目是魏洋與他的分隊隊員。另外，還有彩葉的弟妹們。

「找到了！八尋哥哥在這裡！」

「絢穗，來這邊！」

最先發現八尋的是蓮與凜花。

被他們叫來的水手服少女略顯慌張地提到。

「八尋哥哥，你還好嗎！」

「絢穗……怎麼連你們都來了……？」

八尋一臉恍惚地詢問手裡緊握紅漆匕首的絢穗。

絢穗用神蝕能破壞飯店牆壁，讓看守的戰鬥員受到了波及。換句話說，他們是來協助八尋逃脫。只靠他們幾個，想必做不出如此危險的決斷。

「是茱麗葉小姐拜託我們的。她要我們接到信號，就動手破壞將八尋哥哥關起來的房間牆壁。」

「茱麗……拜託你們的？這是為什麼，茱麗？」

八尋瞪向茱麗。

茱麗聳肩笑了笑。她仰望疑惑的八尋，態度看似比平時還歡欣。

「尼森也講過吧，統合體是與忠誠無緣的組織。」

「可是，妳們的工作成效獲得了認同啊，還提到升遷或榮升之類……喬許他們不是也很高興，說是有獎金發下來了。」

「──喬許原本是當警官的喔。」

「對、對啊。」

話題突然跳脫，八尋冷不防地愣住了。

茱麗卻自顧自地繼續說：

「喬許曾經有個青梅竹馬，那個女孩因為染上毒癮而變成地下販毒組織的幫凶。當警官的喬許是在祕密搜查販毒組織的過程中與她重逢，便想伸出援手。」

茱麗說到這裡，然後微微搖了頭。

這樣的舉動讓八尋理解故事會有什麼結局。

喬許辭去警職，還成了民營軍事企業的戰鬥員。這正是答案。

「他查出地下販毒組織背後有優西比兀．比利士撐腰。」

「那麼，喬許從一開始……就是為了復仇才加入藝廊……」

爽朗熱心的喬許從最初認識時就對八尋很友善，小朋友們也願意跟他親近。他會背負那麼慘烈的過去，不免讓八尋失去言語。

「帕歐菈長大的故鄉，全村都毀於藝廊賣出大量武器的武裝組織的政變戰火中；魏洋的哥哥以前是政治家，卻在蒙冤入獄後遇害身亡，因為他曾想揭發與優西比兀聲氣相通的閣員貪瀆。遠東分部的戰鬥員都有類似的經驗，我跟小珞只召集這樣的人加入。八尋，你應該也一樣。」

茱麗對八尋投以質問般的視線。

假如是統合體的強硬派唆使珠依，進而引發了大殺戮，八尋確實也被優西比兀．比利士所害。

倘若相信茱麗的說詞，就表示她們正是因為這樣才會執意要拉攏八尋入夥。

「好了，我們走吧，八尋。復仇的時刻到嘍。你要去救妙翅院迦樓羅對吧？」

「……我明白了。但是，尼森身上的炸彈……」

「炸彈？啊，這個嗎？」

尼森站起身，隨意將指頭伸向自己脖子上的炸彈。於是，八尋還來不及阻止，他就強行扯下。

「尼森……！」

八尋的視野被閃光染白。裝在尼森項圈上的感應器運作後，炸彈便瞬間啟動。巨響撼動大氣。

然而，傳來的衝擊遠比想像中小。爆炸被完全封鎖於尼森眼前飄浮的球體內，失去威力的碎片七零八落掉在地上。

只留下刺鼻的火藥味。

「我沒辦法防止爆炸，但可以收斂衝擊。因為太招搖，如果局面沒有像這樣大亂，我倒是不敢逃獄。」

尼森若無其事地當著錯愕的八尋面前說道。

「你的神蝕能嗎……居然這樣硬來……」

八尋無力地吐氣。

尼森藉著嵌於體內的遺存寶器動用權能，即可造出無形的斥力屏障。他把那種能力展開成球狀，收斂了爆炸引發的衝擊。

換句話說，只要尼森有意，隨時都可以卸下炸彈逃脫。

他沒那麼做，單純是因為覺得沒必要吧。

「這樣就沒問題嘍。我們去跟小珞他們會合。」

茱麗先確認過炸彈已經無力化，然後說道。

知道了——八尋說完便繃著臉點頭。

飯店外，槍戰仍在持續。藝廊的戰鬥員——亦即人類正在進行互鬥。

別說不死者，面對連法夫納兵都不是的凡人，自己能挺身戰鬥嗎？事到如今，八尋才這麼問自己。

死不了的自己可以剝奪他人性命嗎？

茱麗似乎看穿八尋有這樣的糾結，就戳了戳他的背。

「不用擔心喔，八尋，你們沒必要跟人類廝殺。」

「咦？」

「藝廊總部的戰鬥員全是職業傭兵，不會做契約以外的差事。他們只是被聘來對付魍獸及敵對勢力，沒理由參加比利士侯爵家爭權的內鬥，除非本身遭受攻擊。」

「那麼，目前跟珞瑟他們交戰的是……」

「直屬於那男的——優西比兀・比利士的部下。那好像也已經結束嘍。」

伴隨一聲格外大聲的槍響，路上有一名男子遭到轟飛。

來自反器材步槍的精密狙擊。看似指揮官的男子準備搭乘裝甲車，就被狙擊手抓準破綻射中。

狙擊的人想當然是珞瑟。能精確瞄準裝甲車艙口的些許空隙並命中目標，這樣的狙擊手除她之外別無可能。

而且以指揮官之死為契機，戰況一舉緩解了。

隸屬於歐洲總部的戰鬥員陸續棄械投降，四周回歸寂靜。

「這樣……就結束了嗎？」

事情落幕得太快，反讓八尋心生不安而嘀咕。

就算藝廊遠東分部的叛變經過周全準備，難道歐洲總部就會如此輕易地被壓制嗎？八尋心想。

「——反抗的戰力不多，是因為優西比兀本人不在。那個男的似乎在指揮部隊進攻妙翅院。」

護衛絢穗等人的魏洋回答了八尋的疑問。

聽他一說，八尋發現留在駐紮地的戰鬥員及裝甲車數量相當少。優西比兀早就率領大半部隊加入對妙翅院的包圍了吧。

「遠東分部是因此才叛變成功的嗎？」

「——很遺憾，是這樣沒錯。雖然我們有把握成功才決意起事也是事實。」

「珞瑟。」

珞瑟扛著反器材步槍，從原本選為狙擊點的大樓下來會合了。

「唉，反正這是復仇的第一步。辛苦嘍，小珞。」

「是的。跟投降的那些戰鬥員完成交涉後，就要立刻對優西比兀展開追擊。八尋你也會去吧。」

「當然了。」

八尋毫無迷惘地對珞瑟的問題點了頭。

至於雙胞胎姊妹之外的遠東分部戰鬥員，也馬不停蹄地開始準備下一場作戰行動。優西比兀還不知道茱麗這對姊妹反叛。要是被他察覺而召來援軍，形勢將會對遠東分部極端不利，得趕在那之前收拾才行。一旦掀起反叛，接下來就是在跟時間搏鬥。

「——八尋！」

當遠東分部的戰鬥員忙著來來去去時，彩葉帶著兩隻魍獸朝八尋這裡趕來。隨後，她直接摟住了八尋。

八尋背後的絢穗被刺激得太陽穴抽動，蓮與凜花看了都「噫」地微微倒抽一口氣。彩葉卻渾然不覺，含情脈脈地貼著八尋抬頭仰望他。

「太好了，你平安無事。我一直很擔心……」

「是、是啊……看來妳也沒有受傷。」

緊貼過來的彩葉意外嬌弱，身上的香味更讓八尋心慌地回了話。

「我不要緊，因為有鵺丸與小黑在嘛。」

彩葉放開八尋，自豪地用雙臂抱起腳邊的兩隻魍獸。

隨後，她忽然收斂表情看了看四周。

「所以說，珠依人呢？她還好嗎？」

「呃……這個嘛……」

「很遺憾，她已經不在這裡。總部把她帶走了。」

珞瑟代替沉默下來的八尋說明。

「鳴澤珠依的維生裝置裝設了發訊器，從訊號判斷的去向是往大阪，目的恐怕在於梅羅拉電子有限公司的研究設施。」

「梅羅拉……就是在名古屋研究遺存寶器的那些人嘛。」

「對。萊蘭德．劉失勢，導致梅羅拉的研究部門被統合體納入旗下。以用來治療鳴澤珠依的設施而言，應該算是妥當。」

梅羅拉電子有限公司研發過人工複製遺存寶器的技術，是系出中華聯邦的多國籍企業。他們曾想強搶絢穗持有的山龍遺存寶器，惹怒了藝廊眾人，如今落得企業解體的下場，但他們研究的技術本身仍有用處。統合體應該就是看上這一點，才想收購梅羅拉公司的研究部門吧。

「現在出發追得上嗎？」

「帕歐菈的分隊已經在追了，援軍也有叫來，戰力上應該不成問題。」

珞瑟淡然告訴焦急的八尋。

儘管八尋心急如焚，還是深深吐了氣放鬆表情。

當下跟珠依一比，必須優先處理的還是遭受統合體襲擊的天帝家。這點道理八尋也懂。

既然八尋現在追也不保證能追上，珠依只能交給帕歐菈他們去搶回來了吧。狀況就是這樣——

這時候，被彩葉抱著的黑色魍獸忽然全身劇烈顫動。

「哇！怎、怎麼了嗎？迦樓羅小姐！」

一瞬間，脫離迦樓羅掌控的魍獸想從彩葉的臂彎中掙脫，彩葉便連忙把它按住。魍獸很快就取回鎮定，然而雙胞胎姊妹並沒有聽漏彩葉粗心的發言。

「迦樓羅？妳就是妙翅院迦樓羅？」

「哦，毛長得比我想的還濃密耶。而且妳的嘴巴怎麼會那麼大啊？」

珞瑟與茱麗並沒有顯得多訝異，平靜地向黑色魍獸提問。

『這並不是為了吃掉兩位，請放心，茱麗葉·比利士與珞瑟塔·比利士。』

事到如今，迦樓羅大概是判斷沒必要裝蒜，就借了魍獸的嘴講話。

在她打趣地答話的同時，嗓音裡也摻雜了一絲焦慮。

『原本我是希望一邊悠閒地用茶一邊自我介紹，憾就憾在發生了問題。』

「問題？」

珞瑟望著魍獸問道。

迦樓羅提到的問題，應該與魍獸中途脫離控制並非無關。換句話說，在迦樓羅本尊所在的妙翅院領地，發生了足以讓她的神蝕能受影響的某種狀況。

彷彿在佐證珞瑟的猜想，迦樓羅輕嘆一聲又說：

『舞坂雅似乎加入了包圍妙翅院的統合體部隊。』

「舞坂雅……風龍巫女嗎？」

『她那操控風的權能可以讓迷途結界無效化。照這樣下去，我們擋不住統合體侵犯。』

「意思是，距離天帝領淪陷沒有緩衝的時間了？」

『畢竟舞坂雅跟天帝家……不，跟我之間有恩怨。』

迦樓羅的語氣混了些許苦笑的調調。

舞坂雅說過，她在過去也曾入侵天帝領一次。

她在那裡遇見迦樓羅，被迫鏖戰，右眼及左腳都出現了龍人化症狀。這次雅就借了統合體的戰力，反過來逼迫迦樓羅。雅與迦樓羅之間的恩怨恐怕正是這件事。

「我知道了。那就將部隊分成兩路吧，小路。」

茱麗「啪」地拍響手掌，然後立刻做出決定。她判斷現在沒空東想西想地遲疑。

「也對。茱麗，那麻煩妳帶八尋他們前往妙翅院。我在這塊駐紮地善後完畢，再去將鳴澤珠依接回來跟你們會合。你也同意這麼辦吧，八尋？」

珞瑟看著八尋的臉，如此確認。

要說真心話，八尋對被人帶走的珠依並非毫不在意。但是，想對抗與統合體合作的舞坂雅，就需要不死者之力。

「我懂了。珠依就拜託妳，珞瑟。」

八尋主動這麼說完，心情變得很複雜。

簡直像擔心妹妹的哥哥會說的話。

「我們走嘍，小黑……不對，迦樓羅小姐。」

彩葉露出毅然的笑容，朝黑色魍獸喚道。

迦樓羅則透過魍獸的眼睛，頗感興趣地看著這樣的彩葉。

# 4

帕歐菈．雷森德捕捉到帶走鳴澤珠依的運輸部隊是在跨越大阪與京都的縣境不久之後。

再過去有以往大學的醫學部，梅羅拉電子有限公司似乎就是把那座大學的舊址當成研究設施利用。優西比兀的部下應該是打算把身為實驗體的鳴澤珠依運到那裡。

「追上對方啦，大姊。」

擔任帕歐菈部下的壯漢用粗魯語氣報告。

不知道為什麼，帕歐菈的部下幾乎都是這種讓人覺得生錯時代的豪邁男子。

我可不是你們的姊姊——帕歐菈一面在心裡抱怨，一面催部下繼續說。

「敵方……有多少戰力？」

「多用途輪甲車三輛，其中一輛應該有醫療設備。」

「不多呢……比想像中還少……」

「可是周圍五公里內都沒有其他車輛。應該慶幸差事變輕鬆啦。」

「……我明白了。命令無人機發動攻擊。但是，不能射中有醫療設備的那一輛。」

「收到。」

帕歐菈的部下發出指示給ＡＩ操控的無人機，盤旋於上空的無人機便發射了兩枚空對地飛彈。空對地飛彈屬於研發用於暗殺要員而未搭載炸藥的類型。即使如此，重量近五十公斤的飛彈時速超過四百公里，還是可以轟得讓裝甲車無法行駛。

設有雷射導向裝置的兩枚飛彈精準地分別命中了兩輛裝甲車。

帶頭的一輛翻覆於路面，最後頭尾隨的另一輛也打轉撞上路肩。前後的裝甲車動彈不得，位於中間的醫療設備車就跟著停下了。

帕歐菈等人搭乘的裝甲車一舉加速，朝無法動彈的敵方部隊接近。

「展開壓制……全體人員，備戰。」

帕歐菈一邊舉起愛用的步槍，一邊告訴部下們。

包含帕歐菈在內，參與追蹤鳴澤珠依的第二分隊戰力僅有九人。雖然說敵方的戰力比預料中少，仍無法否認戰鬥拖久會落於劣勢。最好趁對方遭受奇襲而亂了陣腳，盡可能多削減敵人的戰力。

「這裡是藝廊遠東分部的帕歐菈・雷森德士官長。希瑞爾・基斯蘭，聽得見嗎？」

帕歐菈用無線電朝著擔任運輸部隊指揮官的希瑞爾呼叫。她的部下們則在這段期間衝出裝甲車，開始包圍敵方部隊。

「來自茱麗與珞瑟的命令。繳械投降，只等你三十秒。」

帕歐菈一邊估算包圍完畢所需的時間，一邊繼續告訴對方。

打從一開始，帕歐菈就不認為希瑞爾會真的投降。交涉的目的終究在於爭取時間，好讓戰況變得有利己方。

希瑞爾恐怕也會利用這段時間讓部隊重整態勢——

然而，帕歐菈的預料被敵方出乎意料的反擊顛覆。

從敵方裝甲車下來的戰鬥員舉起了格外巨大的手槍，而且未經過瞄準就隨手開火。

槍口發射的並非槍彈。敵方戰鬥員用槍指過的地面周圍急遽隆起，從中冒出無數利刃。

趕在利刃貫穿車體前，帕歐菈從裝甲車衝了出來。

「分隊長！」

「沒事。你們應戰。」

帕歐菈在龜裂的柏油路上打滾，並且毫不留情地朝敵方槍手開火。幾乎同一時間，她的部下也開始射擊。槍手硬生生挨中十幾發步槍彈，因而被轟飛出去。

儘管如此，對方仍活著。全身沾滿鮮血，卻還是平靜得像殭屍一樣準備站起身。匹敵不死者的再生能力。

「傷腦筋……茱麗葉大人與珞瑟塔大人竟然會造反。目的是鳴澤珠依嗎？」

從搭載醫療設備而毫無損傷的裝甲車裡，有個管家風範的男子走下車。

希瑞爾．基斯蘭朝包圍四周的帕歐菈等人看了一圈，然後冷冷地搖頭。

「挑在這個時間點有些令人吃驚，不過內鬨算是比利士侯爵家的拿手好戲。難道你們認為優西比兀大人會毫無防備？」

「遺存寶器相合者……」

帕歐菈用被摧毀的裝甲車當掩體，並且嘀咕。

使用人工複製的量產遺存寶器，藉此獲得假性神蝕能的戰鬥員。他們的戰鬥能力遠勝於尋常士兵。

接收梅羅拉公司研究設施的比利士藝廊歐洲總部會取得人工遺存寶器的技術，某方面來說算是理所當然。

運輸鳴澤珠依的部隊乍看之下戰力薄弱，是因為戰鬥員多半被換成了強大的遺存寶器相合者。

而且希瑞爾安排的相合者不只一人。

加上最初的那一人，從敵方裝甲車下來的戰鬥員有四名，手裡都拿著裝卜人工遺存寶器的巨大手槍。

「我方也要先提出警告。棄械投降吧。既然受了茱麗葉大人、珞瑟塔大人的命令，藝廊便不打算向身為部下的你們問罪。」

希瑞爾用溫和的語氣說道，那是篤定自己占壓倒性優勢才會有的從容態度。

然而，帕歐菈冷冷地朝他瞪了回去。

「不只是……因為茱麗她們的命令。」

「嗯？」

「我們來自達連共和國。桑・卡佩薩斯這個地名，你聽了有沒有印象？」

「卡佩薩斯……原來如此，所以這是私怨嘍。」

希瑞爾覺得無趣似的吐了氣。

由於自己銷出兵器而從地圖上消失的城鎮名稱，他似乎記得。這表示，過去在當地展開的「殺戮」就是如此令人印象深刻。

「既然如此，我也用不著繼續說服妳了。送你們去見故鄉的同伴應該也是種慈悲。去死吧。」

「要死的，是你們那邊。」

帕歐菈將槍口指向希瑞爾。

護衛希瑞爾的那些相合者也一起瞄準帕歐菈，並且扣下了扳機。只要對方發動神蝕能，就算帕歐菈他們有裝甲車當掩體，應該也難逃全滅。

那些相合者卻沒有使出攻擊。

因為搶先發生的大爆炸已經將他們轟得四散分離。

「什……！」

高溫蒸氣迎面撲來，讓希瑞爾的臉痛苦地扭曲。

他手下的那些相合者是被水蒸氣爆炸颳飛的。累積於道路側溝的水於瞬間變成高溫蒸氣，體積急遽膨脹就引發了爆炸。

「原來如此。珞瑟塔‧比利士說得沒錯，人工遺存寶器……即使可以使用神蝕能，威力與精密度都不及正牌貨吧。」

「不過，那種手槍看起來是不是有點帥？閃亮亮的亂吸引人耶。」

有一對男女從帕歐菈背後出現，看著被炸倒的那些相合者隨意評論。

其中一人是一臉正經八百的高個子少年；另一人穿著華麗制服，是個看似高中生的少女。少年手裡的西洋劍從前端釋出了液態化的極低溫空氣，使那些傷口正要痊癒的相合者肉體逐漸結凍。

「水龍巫女與不死者……！清瀧澄華與相樂善嗎？你們究竟為什麼會在這裡……？」

希瑞爾臉上首度失去了從容。原本理應與藝廊無關的善與澄華會出現在現場，對他來說出乎意料。

「還問為什麼……因為珞瑟僱用了我們啊。聽說朋友的妹妹被擄走，會來幫忙是正常的吧？」

澄華用納悶的語氣答話，態度彷彿在說：為什麼要問這種理所當然的事？

「替鳴澤助拳固然讓人惱火，誰教我們多少欠了儘奈彩葉的人情。」

善不甘願似的撂話。

獨自追蹤舞坂雅的善與澄華最後抵達京都，與藝廊遠東分部展開反叛幾乎是在同一個時間點。

不知道珞瑟是用什麼手段，她似乎一直掌握著善與澄華的行動，便提出了請兩人協助搶回鳴澤珠依的要求。既然鳴澤珠依跟善與澄華也有恩怨，他們就沒有拒絕的選擇。

結果善與澄華就與帕歐菈的部隊同道，像這樣與希瑞爾展開對峙。

「你們……是來幫朋友救妹妹……？」

希瑞爾用看似難以置信的眼神瞪向澄華他們。

他侍奉的是連血親都能像道具一樣用過即丟的比利士侯爵家，澄華他們這種無視損益的行動，應該超出了理解範圍。

「茱麗她們早就發覺了，統合體有可能取得量產的遺存寶器。既然如此，會先採取措施也是當然的。希瑞爾．基斯蘭，你做好覺悟了嗎？」

帕歐菈問希瑞爾。這是催他投降的最後通牒。

「我若是投降，安全就能獲得保障？」

希瑞爾認命似的這麼說，並若無其事地想用右手摸西裝胸前口袋的絲巾。

「當然。」

帕歐菈說著便扣下了步槍扳機，瞄準的並非希瑞爾的右手，而是左手。他想靠右手顯而易見的可疑舉動吸引注意，再用左手拔出手槍。

那把手槍連同希瑞爾的左手腕遭到帕歐菈以槍彈轟飛。

「妳……妳這娘兒們……！」

希瑞爾按著沾滿血的左手高聲怒吼。嵌有人工遺存寶器的手槍掉在地上，希瑞爾立刻想去撿，帕歐菈便再次賞了他子彈。

「茱麗與珞瑟交代過我，希瑞爾．基斯蘭，唯有你萬萬不能信任。」

在帕歐菈細語結束時，她的部下便同時開火了。

挨中幾十發步槍彈，使得希瑞爾的身軀起舞般亂蹦。

然而，希瑞爾仍未絕命。何止如此，他的肉體變得比中槍前肥大了兩圈，還逐漸被爬蟲類般的硬質鱗片包裹。

「他還活著……那不是遺存寶器！F劑……？」

帕歐菈看出希瑞爾肉體發生了什麼變化，表情因而僵住。

利用從龍之巫女血液抽出的龍因子，讓士兵肉體龍人化的禁忌藥品——法夫納劑。希瑞爾主動服用那玩意兒，獲得了超凡的生命力。

「憑你們這些……庶民之流……！」

希瑞爾張開了獠牙成排的巨大下顎吼道。

他抓準步槍集火的短暫空檔，拔腿就衝，襲向杵在原地的帕歐菈。

「善！」

「我知道！【冰瀑（Icefall）】！」

善再次發動了神蝕能。他操控液化的大氣洪流，灌向希瑞爾。管家變身成法夫納兵的肉體頓時泛白結凍，不久便化作極低溫的雕像。即使如此，希瑞爾仍掙扎著想攻擊帕歐菈。然而——

「這樣就結束了。」

帕歐菈朝著眼冒血絲的希瑞爾頭部灌入槍彈。

管家結凍的肉體無法承受那陣衝擊，碎散得連半片細胞都不剩。縱使是法夫納兵，也不可能在這種狀態下存活。

「妳還好嗎，大姊？」

「沒問題。所以，目標呢？」

部下擔心似的搭話，帕歐菈則淡然反問。

「姑且保住了，不過保險起見，能請你們確認是否為本人嗎？」

擔任指揮官的希瑞爾身亡，使得歐洲總部的戰鬥員都放棄抵抗，相繼投降。帕歐菈的部下一方面拘拿那些人，另一方面也開啟裝甲車搭載的醫療艙。

「鳴澤珠依。原來她還沉睡著啊。」

善看到珠依仍接著維生裝置，臉上便浮現複雜的神情。

對善來說，她並不是應該保護的人，反倒是憎恨的對象。

不過，既然得知鳴澤珠依是讓日本人復活的關鍵，善就不能在這裡殺她。何況珠依失去了意識，連要向她吐怨言都不成。這個事實讓善懷有一股釐不清的情緒。

「但是能把人追回來就很好了嘛。我也要通知彩葉讓她放心。」

澄華開朗地笑著，並拿出了手機。

幫珠依拍好照片的澄華還開濾鏡動手加工，使得善與帕歐菈傻眼地看著她。

忽然間，他們倆都嚇得表情僵住了。連帕歐菈並非龍之巫女，都能看出有強烈的龍氣化成物理性壓力席捲而來。

「澄華！」

「咦！怎麼了？」

善硬是抱起澄華，直接飛撲到地上。

帕歐菈也無意識地當場趴下。身為戰鬥員闖蕩過許多戰場的直覺正向她吶喊，要是不這麼做就會死。

雷光般的短瞬光芒將周圍照得一片白。

巨響隨即撼動了地面。爆壓將裝載醫療設備的裝甲車震飛，附維生裝置的擔架連同珠依都摔到地上。

「唔……！」

被碎片灑到的帕歐菈一邊痛苦呻吟，一邊甩了甩頭。

衝擊同樣將比利士藝廊的戰鬥員們震倒了。

帕歐菈並未掌握到現場發生了什麼事。情況只像遭遇落雷，事前卻毫無徵兆。

爆炸餘波讓空氣劇烈掀湧，沙塵瀰漫。

可以感覺到動靜，有人趁著這陣沙塵接近過來了。是年紀尚輕的一對男女。

「哈哈，真的在這裡，鳴澤珠依。我就說吧，華那芽。」

「嗯。那個老人的情報值得聽信呢。」

他們倆身上環繞著濃密的龍氣，用與現場不搭調的雀躍語氣說道。

聲音來自瘦得看似不健康的嬌小青年，以及穿著和服褲裙的美麗少女。

儘管對方放鬆的氣息滿是破綻，帕歐菈卻對他們的模樣產生恐懼，彷彿目睹了猛獸出柵的威迫感。

「你們……是什麼人……？」

單膝跪地的帕歐菈瞪著兩人問。

穿和服褲裙的少女一瞬間與身旁的青年對視，然後身段優美地行了禮。

「初次見面，比利士藝廊的各位與水龍巫女。我是鹿島華那芽，這位是投刀塚透。我們是雷龍的巫女與不死者。」

「不好意思，我要帶鳴澤珠依走嘍。啊，不過，在那之前——」

青年帶著有些慵懶的表情環視帕歐菈等人。

接著，他露出足以讓觀者發毛的空洞笑容宣布：

「我會先殺了你們，反正順便嘛。」

# 5

青年——投刀塚透把話說完的同時，全身就被青白色閃光包裹住了。極高電壓造成的雷光撕裂大氣，進而無分敵我地濺射。

「澄華，過來！」

「善？」

為了對抗投刀塚這波避無可避的雷擊，善一邊摟住澄華一邊傾全力釋出龍氣。他從地下水脈引來大量的水，展開一道巨大的冰牆。

覆於冰牆表面的水成了導電體，將投刀塚的雷擊分散到地面。

善臉色蒼白地喘氣。對使用水龍權能的善來說，戰場碰巧在河邊是大幸。

假如是在沒有充分水源的地方遇上投刀塚，善他們在剛才那一瞬間就肯定落敗了。

「哦，擋住剛才那招啦？意外地有一手嘛。」

投刀塚透望著撐過自己攻擊的善，眼裡莫名散發出光彩。

「既然如此，這招你會怎麼擋……？」

投刀塚將雙手舉至胸前，在左右掌之間造出青白色雷球。驚人電壓導致球體內封藏的空氣電漿化，然後轉變成超高溫火焰。

假如將這道火焰解放，散發至四周的熱能將難以估計。

受到恐懼驅使，善朝著投刀塚發射了液化的空氣洪流。

極低溫的水流長槍——

然而，投刀塚以連殘影都不留的閃光身手躲開善這波攻擊。

「什麼嘛，就這點花樣。你很沒意思耶。」

投刀塚的聲音從背後傳來，使得善大感錯愕。

全身纏繞雷光的超高速移動，名符其實的迅如雷霆。憑善發射的冰槍，沒辦法追上投刀塚的身手。

善心生動搖，投刀塚便將雷光包覆的手臂伸向他。

要是徒手直接灌輸電流，即使用善的冰牆也擋不了。假如全身細胞都被燒光，靠不死者的再生能力也不保證能復生。就算能免於絕命，復活肯定也會相當費時。

然而，投刀塚伸出的右手並沒有觸及善的身體。

因為在那之前，投刀塚的右臂就被人從肩頭轟掉了。

對付魍獸用的大口徑步槍彈直接命中。帕歐菈・雷森德與她的部下以火力提供了支援。

投刀塚按著被轟得稀爛的右肩，並且咂了嘴。

「華那芽，那些傢伙在會礙事，先幫我收拾掉他們。」

投刀塚望著手舉步槍的帕歐菈等人，厭煩似的說道。

帕歐菈等人仍持續開火，那些槍彈卻已經無法命中投刀塚。在他四周捲起了強力的電磁結界，使得槍彈在磁力誘導下偏向失準。

「看情況是不得已呢。我就答應替你應付吧。」

穿和服褲裙的少女——鹿島華那芽解開了抱著的袋子，從中取出長柄武器。

以美麗的螺鈿技法裝飾，漆成黑色的薙刀。

面對裝備最新款步槍的民營軍事企業戰鬥員，她只拿了一把薙刀就要挑戰——缺乏現實感的景象讓善等人感到困惑。

然而下個瞬間，華那芽就以常人不可能發揮的驚奇速度殺進了藝廊的戰鬥員當中。

「澄華！」

善發現華那芽的目標是同為龍之巫女的澄華，便出聲喊道。

可是，澄華在戰鬥方面屬於外行人，她看不清華那芽的身手。

澄華只能等著毫無防備地被對方斬殺，結果是帕歐菈救了她。帕歐菈闖進了華那芽持薙刀揮砍的軌道，用步槍槍身擋住她的薙刀。

刀刃在強碰下迸出火花，帕歐菈的步槍被漂亮地斬斷了半截。斬擊威力驚人，難以相信是出自嬌小的華那芽之手。

「危險，妳退後。」

帕歐菈提醒澄華，要她遠離。

「有本事，以凡人來說。」

華那芽利用衝擊的反作用力，將薙刀調頭。

帕歐菈一邊躲開從下段來襲的薙刀尾端，一邊拔出腰際的手槍與刀。練家子的搏擊架勢，應該是用手槍來彌補短刀殺傷範圍的戰鬥風格。

然而華那芽靠著雷龍的神蝕能加速，便輕易閃開近距離內的槍擊，在速度上凌駕於帕歐菈。

「大姊！」

帕歐菈沒能完全閃開薙刀，右肩被刀刃淺淺地劃開了。她的部下目睹鮮血飛濺，不禁高聲叫道。

與投刀塚對峙的善聽見聲音，因而分神了。

投刀塚並未看漏這一點。

「欸，你還顧旁邊，瞧不起人嗎？」

「唔！」

投刀塚再次快如電光地急衝，並且在善眼前施展雷轟。帶有電流的肌肉變得僵硬，善擋不下這波攻擊。

然而，善似乎算準會有這一刻，就在自己面前引發了大規模衝擊波——決心要跟對手兩敗俱傷的水蒸氣爆炸。

承受蒸氣超高溫的投刀塚遭到震退。

「善！」

「我不要緊……！投刀塚呢！」

儘管自己全身也嚴重灼傷，善仍舉著西洋劍站起。

水蒸氣爆炸的方向有經過拿捏，不過善還是受了這麼重的傷，照理說投刀塚也無法全身而退，但——

「哈哈……哈哈哈哈哈哈！搞什麼，要拚還是能拚的嘛！」

投刀塚散發肉烤焦的難聞氣味，緩緩地起身。

他臉上深深刻著無從掩飾的愉悅笑容。

「你是叫善對吧。你有殺過人，對不對？而且人數還不少。」

「住口……」

投刀塚說的話好似看透了一切，善不由得肩膀顫抖。

沒錯，善殺過人。事情發生在大殺戮導致獵殺日本人盛行的時期。

善藏身於南歐的小型宗教團體，在那裡從事士兵的工作。

他是為了保護跟自己一樣留在國外的日本人，好讓他們逃到安全的地方。

然而，經營該宗教團體的卻是當地的犯罪組織。

他們召集日本人，是為了當成「商品」銷售。

賣給富豪當玩具；賣到性產業充作勞力；或者賣去當移植器官的捐贈者——他們會召集日本人就是為了這些用途。

善以為自己拚命救了日本人，結果不過是被他們當成賺錢的道具。

得知內情的善感到絕望、憤怒，然後展開了復仇。他將宗教團體的相關人員殺光，還逐一找上犯罪組織的那些幹部。

當然，倖存的日本人不可能隻身擊潰犯罪組織。善肯定早在復仇途中就力竭不支而喪命了吧。

如果他沒有遇見剛覺醒為龍之巫女的澄華，還變成不死者——

對善來說，那是無法忘懷的可憎記憶。

可是，投刀塚彷彿在玩弄善那種痛苦的心理，笑著問道：

「為什麼要生氣?我說的都是事實吧?」

「我說過了——住口!你懂些什麼?」

「我懂喔,很愉快吧。那樣做很痛快啊。用壓倒性的力量踐踏那些比自己弱的傢伙。」

「你……!」

善在盛怒下解放神蝕能。

投刀塚周圍的水蒸氣劇烈升溫,要將他燙死。然而,此時投刀塚已經移動到另一處。

「善!你不用聽那種人講的話!」

「咦咦……真過分。我們屬於同類吧。」

澄華為了安撫善而說的話,讓投刀塚露出受傷似的表情。

隨後投刀塚瞬間移動到善的背後,並且揚起嘴角朝他細語:

「難道說,你自以為是正義的一方?」

「唔!」

善目光閃爍,產生動搖。

相信自己的正義而行動,殺害他人,結果反倒讓理應拯救的眾多日本人陷入不幸。善犯下的過失,在他內心刻下了至今仍未痊癒的傷。

投刀塚則精準地挖開那道傷口。

為了針對不死者身為不死身的唯一弱點——重挫其心靈。

但是——

「善……！你別忘了，善！救了我的是你！」

全身留下無數傷痕的善仍在忍受投刀塚猛攻，澄華便望著他喊道。

為了證明儘管只有一人，仍毫無疑問被善的正義所救。

過去善不顧生命危險也要救被賣到娼館的她，對澄華來說，他代表的就是不折不扣的正義。澄華那股直率的感情能夠支持善的戰意。

「呿，真會撐。這點把戲動搖不了你嗎？唉，看了就沒勁……！」

彷彿在回應澄華的信賴，善的神蝕能威力有所增長。

投刀塚判斷他們倆的羈絆無從動搖，因而不滿地吐氣。

要殺身為弒龍「英雄」的不死者，得靠龍之巫女與不死者之間締結的契約。「誓約」將在被打破之際變成「詛咒」。失去龍之巫女信賴的那一瞬，不死者就會喪失不死性。

然而，只要善願意站在正義的一方，就不會打破與澄華之間的誓約。

投刀塚對此感到不耐，視線便轉向在善背後的澄華。

「算啦。既然這樣，先殺水龍巫女就可以了事。」

自言自語的投刀塚再次於全身纏繞電流。綻放雷光的血鎧，不具備防禦力，相對地卻能賦予不死者荒唐的加速能力。這就是他用的「血纏」。

「住手，投刀塚！」

善察覺投刀塚的目標是澄華，因而朝他大喊。

投刀塚則露出嗜虐的笑容並搖頭。

「誰甩你。」

善設下冰之屏障要保護澄華，卻被投刀塚輕易突破。憑善的神蝕能發動速度，無法追上投刀塚的攻擊。

然而，篤定會贏的投刀塚聽見的並不是澄華於絕命之際的哀號，而是華那芽恐懼緊繃的尖叫。

「透！」

「咦？怎樣？」

投刀塚瞬間停下動作，純白的閃光隨即扎中他的身體。

那道閃光的真面目是蛇，不具實體的幻影之蛇。

一條粗得可比人類臂膀的蛇咬住了投刀塚的側腹。

「啥？蛇？這什麼鬼東西……到底從哪裡來的……」

投刀塚想用纏繞雷光的手臂將蛇甩開。

可是，蛇的肉體搶先蠕動了，彷彿準備將什麼東西吞嚥下去。

霎時間，包覆投刀塚全身的雷光消退，龍氣從他的肉體消失得一點不留。

「妳……難道說，這是鳴澤珠依……？」

投刀塚在踉蹌間回頭。

純白幻蛇的真面目是頭髮。

鳴澤珠依從擔架上被投刀塚的攻擊震飛以後，依然被擱在地上。她的白色長髮有部分看似得到了自我意識，宛如蠕動的蛇。

那條蛇像巨大的長鞭一樣抽動，從投刀塚的側腹硬生生扒下了大量血肉。包覆投刀塚全身的雷光完全消滅，痛苦的哀號從投刀塚的喉嚨冒出。

「妳……別跟我瞎鬧！別鬧了！混帳——————！」

屈膝跪地的投刀塚再次被蛇纏上。投刀塚想用雷擊將蛇逼退，他的雙手卻只迸出些許火花。

「放開透！怪物！」

原本與帕歐菈對峙的華那芽轉身，將揮舞的薙刀劈向白蛇。

幻影白蛇一邊緩緩蠕動，一邊放開了投刀塚。此時，它又從不死者的肉體奪走更大量的龍因子。

「嘎啊……！」

投刀塚從喉嚨吐出了大量血塊。

華那芽趕到他身邊，將他抱穩。

「我們離開這裡。你能跳嗎，透？」

「可惡……竟然，敢這樣對我……開什麼玩笑……」

投刀塚用充滿憎恨的眼神看向珠依。

睜開眼睛的珠依平靜地承受其視線，並且緩緩起身。

她以特徵明顯的紅眼睛冷冷俯視，彷彿在鄙視滿身是血的投刀塚。

幻影白蛇已經消失，珠依身上的威迫感卻依舊沒變。身為龍之巫女的澄華理應立場對等，卻連她與身為不死者的善都懾服於那股隔絕的氣息。

「唔……！」

目前的投刀塚無法使用神蝕能以雷速移動。

華那芽如此判斷以後，就自己發動了雷龍的權能。她用青白色閃電將全身連同投刀塚包覆，飛快逃離現場。

並非不死者的她要動用如此強力的神蝕能，負擔理應相當重，但是不這麼做應該就無法脫逃。

珠依面不改色地目送投刀塚他們逐漸遠去的身影。

接著，她打著赤腳緩緩邁步。

「——等等，妳打算去哪裡，鳴澤珠依？」

善用沙啞的聲音叫住她。

珠依剛從昏睡中清醒，體力應該幾乎一點也不剩。

儘管如此，善卻感受到寒徹心底的恐懼。

當下的珠依連投刀塚都不放在眼裡，還逼退了對方。善無法保證自己不會落得相同的下場。

然而，珠依用漠不關心的眼神望向善等人，聲音清脆地笑了笑。

她在周圍的土地造出了好幾道小規模的冥界門，隨後，有許多魍獸紛紛從中湧現。被召喚出的魍獸似乎受到憤怒驅使，毫無理由地就朝善等人襲擊而來。

「鳴澤珠依……！」

善的呼喊被陸續爬出冥界門的魍獸咆哮聲蓋過。

而珠依混在它們裡頭，就此隱沒於夜色之中。

# 第三幕 亡者之國

THE HOLLOW REGALIA

CHAPTER.3

## 1

不知不覺間下起的雨淋濕了她的白髮。

鳴澤珠依獨自走在夜晚的廢墟。

珠依所在的位置是舊茨木市附近。距離相樂善與投刀塚透他們交手的地點，已經有十公里遠。

正常來講，這並不是珠依剛從昏睡中醒來能移動的距離。然而她奪取了大量龍因子，便能不顯疲倦地安然持續行走。

而珠依會忽然留步，是因為察覺有人影站在黑暗中。

穿著華麗花襯衫的嬌小老人。

「大半夜的，年輕女孩獨自在外走動可無法讓人苟同。」

老人用悠哉的語氣向珠依搭話。

珠依什麼也沒回答，只是凝視著老人眼前的地面。被雨水打濕的地面冒出了小規模冥界門，有三隻左右的小型魍獸從中爬出。

「呵呵呵……哎呀，凶狠凶狠。」

即使看到魍獸威嚇似的吼叫，老人仍不改態度。

珠依這時候才首度變臉。她總算發現老人有多異常。

或許是對珠依的殺意起反應，三隻魍獸一起朝老人攻擊而來。

但是，魍獸的攻擊並未觸及老人。從老人背後衝出了一名青年用巨劍掃過那些魍獸。

「唔……！」

珠依警戒似的蹙了眉。

魍獸們被劍砍中，腐爛般消融於雨水沖刷之下。

毫不留情地屠殺魍獸的青年看似失去興趣，把劍放下。

代替青年靠近珠依的，是個女大學生風貌的年輕女子。

她身上也環繞著龍之氣息，跟珠依一樣是龍之巫女。

「好久不見～～我們又見到面了呢～～鳴澤珠依小姐。」

女子一邊用雙手比出V字，一邊親暱地朝珠依喚道。

氣質柔和而讓人捉摸不定的女子。然而，她散發的龍氣很是強大。

「姬川丹奈……」

珠依細聲道出了女子的姓名。

沼龍巫女，姬川丹奈。既然如此，手持大劍的青年應該就是受她庇佑的不死者湊久樹。

然而，珠依不明白跟他們在一起的老人是什麼身分。

更不知道對方為何會守在這裡等她——

「跟我們談一談好嗎～不嫌棄的話，還可以為妳準備熱飲喔～」

丹奈用輕鬆的語氣這麼說，並且柔柔地微笑。

接著她取出細長的布包，惡作劇般瞇起眼睛。

「還有呢，妳看，這種地方居然有正牌的遺存寶器。」

丹奈從布包裡取出的是一柄鏽蝕嚴重的劍。

珠依見狀便動搖般屏息，然後露出在夜裡也看得出有多美的笑容。

## 2

在煙雨朦朧中，藝廊遠東分部的運兵車載著八尋等人，緩緩行進於嵯峨野山間。

他們正前往天帝家於京都擁有的六處神領之一——被稱作妙翅院的領地。常人接近不了被迷途結界包圍的妙翅院領，因此該地雖離京都市區不遠，卻無人知曉其存在。

然而，據說那道迷途結界即將被風龍巫女舞坂雅破除。

由優西比丌．比利士率領的統合體強硬派正將戰力集中於嵯峨野周遭，八尋等人為了不被對方發現，只得謹慎移動。

「光是藝廊歐洲總部，好像就派出了大隊規模的戰力對妙翅院展開包圍，估計至少有五百名戰鬥員。」

魏洋分析了敵方的通訊內容，並且把象徵敵部隊的兵棋布署在地圖上。

乍看下戰況令人絕望，茱麗卻只是傻眼地搖頭。

「哎呀……完全將收支置之度外呢。被股東知道可就大事不好嘍。」

「應該吧。此外，起碼還找了四間大型民營軍事企業，另有兩支未經確認的部隊，八成是從某國請來的特種部隊。」

「統合體的強硬派好像都抓準機會投入戰力了，跟他們正面對決實在占不到便宜。遠東分部反叛的事也差不多該露餡啦。假如能靠奇襲拿下那男人的頭就好了。」

茱麗用分不清是開玩笑或認真的語氣說道。

彩葉對她的發言露出複雜的表情問：

「可是，都來到這裡了，表示妳們有什麼策略吧？」

「倒稱不上策略啦。派少數人員潛入妙翅院領內，然後帶迦樓羅脫逃。說起來也算從正面挑戰。」

『很實際。我認為這是好方案。』

迦樓羅借黑色魍獸的嘴表示贊同。

「迦樓羅小姐以外的人怎麼辦？拋下不管嗎？」

八尋一臉嚴肅地問道。

留在妙翅院領地的人應當不只迦樓羅一個。要帶他們所有人走是不可能的，然而留下那些人的話，他們將無謂遭受統合體猛攻。

『只要我離開禁域，其他人也就沒有理由留在這裡。有魍獸協助的話，他們要脫逃應該不是難事。』

「靠魍獸協助嗎……」

『是的。』

迦樓羅望著八尋說道。

迷途結界被破，妙翅院領之所以仍未淪陷，是因為有深邃森林與潛伏於夜色的眾多魍獸在保護禁域。藝廊歐洲總部的戰鬥員在不熟悉的地形與魍獸作戰，難免大受消耗。

「對呀，我也不覺得那男的會不惜冒著危險去追殺非戰鬥員。從現況來想，其他人逃得掉的可能性很高。」

『期待是如此。』

茱麗冷靜地分析，使得迦樓羅禱告似的細語。

她們並非不知道那是樂觀的想像。即使如此，現在也只能這麼相信。迦樓羅的語氣讓八尋感受到背負人命者的覺悟而沉默。

『到了。我們下車吧。』

在竹林圍繞的山路途中，迦樓羅指示要車停下。

「這裡就是目的地？妳的住處還真狂野呢。」

茱麗望向裝甲車窗外，挖苦般聳聳肩。

『很遺憾，這裡是密道入口。掌權者總會替自己預留後路，畢竟在歷史上，部下倒戈與民眾反叛都是家常便飯。』

「這種地方……有路能走嗎？」

下車的八尋困惑地環視四周。

在黑暗中，可以看見繁茂蒼鬱的竹林，還有頹圮的小小神社故址。

黑色魍獸鑽出彩葉的臂彎，爬上石階朝神社的故址而去。

茱麗做出指示，要魏洋等人留在現場，只帶八尋與彩葉追到魍獸後頭。於是，他們在爬完階梯後停下腳步。

神社的故址裡留有半毀的鳥居與小廟，還有勉強可以讓一個人通行的窄窟入口。而在入口前方，有跟景物融為一體的灰色獸類身影。

「魍獸？」

八尋反射性地準備拔刀。

魍獸的數量為二，是外型似虎的小型魍獸。它們簡直像守護廟宇的狛犬一樣，坐鎮於洞窟前，眼睛直瞪著接近而來的八尋一行人。

『它們是這條通道的守衛，不用擔心。』

迦樓羅操控的黑色魍獸這麼說著，靠近洞窟入口。

守護洞窟的雙獸不出聲響地起身，並且讓路。景象有幾分肅穆。

「哦……真的有魍獸在保護耶，跟彩葉好像。」

茱麗從近距離仰望兩隻魍獸，佩服地說了。

「我只是拜託大家聽我的請求，沒辦法像迦樓羅小姐這樣喔。」

彩葉略顯困擾地托腮。

這麼說著的她並沒有帶著平時那隻白色魍獸。因為鵺丸交給了留在駐紮地的瑠奈，負責護衛孩子們。

『不，這妳就錯了，儘奈彩葉。』

迦樓羅斷然否定彩葉所言。

『之前我也提過，妳現在處於喪失了大部分原有權能的狀態。我能操控魍獸，不過是繼承了妳的一部分能力。』

「繼承……是什麼意思？難道彩葉跟天帝家有關係嗎……？」

八尋帶著困惑的表情低頭看向黑色魍獸，彩葉便發出訝異的聲音。

「咦，迦樓羅小姐，我跟妳該不會是親戚吧……？」

『並沒有那麼一回事。某方面而言，我們倒可以稱作故交。』

「是、是喔……？」

彩葉亮著眼睛反問。

雖然迦樓羅並沒有直接講明，然而從發言聽來──也可以解讀為她認識失憶前的彩葉。既然如此，彩葉會懷有期待也是可以理解的。

然而，迦樓羅停下腳步，略顯為難地深深吐了氣。

『為了說明這一點，我才邀各位來這裡……不過似乎有客人先到了。』

「有客人先到？」

八尋循著黑色魍獸的視線看去，便警覺地屏息。

兩隻魍獸守著的洞窟入口，有一道苗條的身影站在那裡。

用長長瀏海遮著右半邊臉的美麗女子。八尋認得對方的臉。

「對不起。明知道這是不敬的行為，我仍然擅自進來了。」

女子和氣地向迦樓羅搭話。

守護洞窟的魍獸沒有攻擊她。魍獸不會對龍之巫女出手。

為什麼她會在這裡——八尋的眼神變得嚴肅。

然而迦樓羅帶著嘆息搖搖頭，反倒歡迎似的對她說了：

『哪裡，我不介意。反正彼此並不陌生——風龍巫女，舞坂雅。』

## 3

「雅小姐，這是怎麼回事……？」

八尋護著彩葉等人，在移動時問對方。

「妳怎麼會在這裡？是妳把統合體的部隊帶來的嗎？」

「怎麼可能。我只是為了接近這裡，才利用統合體而已。」

雅苦笑著回望殺氣騰騰的八尋，並且靜靜地搖了頭。

「途中我確實有幫忙領路，不過我留著幾層迷途結界就丟下他們了，所以他們還要一陣子才能抵達這裡。」

「妳說利用統合體……為什麼要那樣呢……？」

彩葉困惑地反問。

以往雅都聽從統合體的命令在行動。

對八尋他們來說，雅顯然是敵人。雅自己也相當明白這一點才對。

這樣的雅卻獨自毫無防備地出現在八尋等人面前，某方面來說算是自殺行為。雅有理由不惜冒著如此的危險，也要拜訪禁域。

「被重新問到還挺難為情的，但我的目的從一開始就沒有任何改變。」

雅聽了彩葉的疑問，露出自嘲的笑容。

「我想轉達真相，兩年前被妳驅離而沒能抵達的真相——這次可以讓我一探究竟嗎，妙翅院迦樓羅？」

『好吧。畢竟當時與現在情況不同。』

被彩葉抱著的黑色魍獸用平靜的語氣告訴雅。

『如今這座禁域原本的主人歸來了，我便沒有理由拒絕妳。況且有其他龍之巫女，應該比較有助於讓她理解。』

「這樣啊……果然是這麼一回事。」

雅仍看著彩葉，理解般點了頭。

「咦？她們在講什麼？什麼意思？」

彩葉低聲問八尋。八尋傻眼地回望她說：

「別問我。妳都不懂的事情，我怎麼可能會懂。」

「也對喔……抱歉……」

「呃，這沒什麼好道歉的啦。」

「——你們還是一樣要好，有點讓人羨慕呢。」

雅看著對話內容始終少根筋的八尋與彩葉，嘴角不由得失守了。

「啊……」

彩葉因為心慌而嘴脣顫抖。

雅賦予庇佑的不死者——山瀨道慈已經不在了。激戰到最後殺了他的不是別人，正是八尋與彩葉。

「雅小姐……那個……」

「啊，抱歉。我並沒有要談有關道慈的事，你們別介意。追根究柢，最先放棄他的人是我。」

雅使壞似的瞇起左眼。

「但是，我沒辦法原諒他。我所追求的真相，他打算用謊言掩蓋，甚而想散播到全世界。那是不可能被容許的吧？」

八尋看著繼續淡然說著的雅，內心感到不寒而慄。

不死者打破與巫女的「誓約」時，龍之庇佑就會變成將不死者消滅的「詛咒」。

山瀨背叛了與雅的約定，他們約好要報導真相。結果，他就被剝奪了不死之力而喪命。

「雅小姐追求的真相是什麼呢？那並不是單指龍的存在吧？」

彩葉用認真的語氣問了雅。

雅與道慈接到統合體的命令，向全世界公開了彩葉身為龍之巫女的祕密。但是，那不可能是她要追尋的真相。

「當然不是了，我對統合體的目的還有支配都不感興趣。我想知道的，就只有我們是什麼人而已。」

「我們？」

「嗯，沒錯。我被姫川丹奈問過，記不記得九年前發生過什麼。」

雅對彩葉投以質問般的目光。

「九年前嗎……？」

「對。當時妳幾歲？妳記得更久以前自己在什麼地方嗎？」

「不……我不記得……」

彩葉軟弱地搖了搖頭。

「妳沒記憶？」

「是的。」

「應該也是會這樣吧。年紀小也無可厚非。」

雅溫柔地瞇起眼睛，表情彷彿有幾分羨慕。

「不過，我記得。我曾經死過一次。」

「死過一次？」

「嗯。在取材中發生意外，輕易就一命嗚呼了。」

雅用打趣般的語氣開朗地說道。

「並不是死於他人之手喔，畢竟我活的時代很和平。當然那並不表示都沒有戰爭或犯罪發生，但至少我生活的國家在歷史上仍算是少見的安全，雖然跟這裡屬於不同的世界。」

「不同的……世界……」

八尋露出嚴肅的眼神聽著雅自白。

雅表示自己之前活在跟這裡不同的世界，還說自己在那裡死過一次。

正常來想並不是能取信的說詞，會想問是不是在作夢而一笑置之。

然而，八尋無法懷疑她說的話。

因為八尋已經知道有別的世界存在。

在冥界門底部見到的古龍記憶。有別於這裡，已經滅亡的另一個日本——

「沒錯，我並不是出生於這個世界。姬川丹奈似乎也一樣，我們都是死人。」

「死人……那麼，我也是嘍……？」

彷彿要確認自己的心跳，彩葉一邊把手抵在胸口一邊反問。

不過，雅只是默默望著彩葉。

「相當讓人感興趣的說法。」

代替心生動搖的彩葉，先前都保持沉默的茱麗接著說下去。

「換句話說，小雅，妳想表達的是這個意思吧。龍之巫女都在不同於這裡的另一個世界死過一次，然後才轉世到這裡。」

「轉世……究竟是不是那樣呢？我就是想知道答案才來到這裡的。」

雅擺出若有所思的表情，環顧在場所有人的臉。她的神情看似看開了什麼。當八尋覺得苗頭不對而蹙眉時——

「小黑……！」

彩葉抱著的黑色魍獸從臂彎中溜走了。

魍獸（小黑）就這麼筆直地跑向洞窟，還擅自往深處前進。

從黑暗中走出的人影將那隻黑色魍獸抱了起來。

黑髮及腰的女子。

身上穿著讓人聯想到平安時代裝扮的豪華和服長袴。點綴於上衣的紋章，則是象徵天帝家的金翅鳥。

「我想這次應該可以回應妳的期待，舞坂雅。至於那是不是妳想要的答案，我倒是無法確定。」

抱起魍獸的女子用耳熟的語氣回答雅。

「迦樓羅……小姐？」

彩葉茫然睜大眼睛向對方確認。

「我是。鄭重歡迎妳來妙翅院，儘奈彩葉。」

和服女子——妙翅院迦樓羅帶著貓咪使壞般的表情點了點頭。

迦樓羅的年齡比八尋等人想像中還年輕。

恐怕才二十歲左右。凜然的臉孔美麗動人，神情倒是柔和。

「怎麼辦，八尋？她長得好美喔……！」

「妳幹嘛躲躲藏藏。」

八尋看彩葉忸忸怩怩地躲到自己背後，就露出傻眼的臉色。

迦樓羅看見八尋他們的互動，因而愉悅地揚起嘴角。

「可以的話，我原本是想招待各位悠閒地喝杯茶，但狀況並不容許呢。難得準備了美味的茶點，真是遺憾。」

「天帝家的茶點……」

「別露出一副想吃的嘴臉啦。妳也知道沒時間吧。」

彩葉從喉嚨發出咕嚕聲，八尋就輕輕拍了她的頭。

迦樓羅看似忍俊不禁地笑出聲音。

「既然這樣，我設法安排讓各位邊走邊吃吧。不過，在那之前要先去回收遺存寶器。」

「回收遺存寶器？那顆勾玉不是妳的遺存寶器嗎？」

八尋望著在迦樓羅胸口搖晃的大顆寶石問道。

彷彿以龍血凝固而成的深紅寶珠，即使遠遠望去也能明確認出那顆寶珠帶有龍氣，無疑是正牌的遺存寶器才對，而且力量強得足以匹敵佐生絢穗的山龍遺存寶器。

「這也是遺存寶器沒錯，但並非天帝家相傳的神器。邀各位來的理由就在這裡。神器只有真正的龍之巫女才能取出喔。」

迦樓羅看著彩葉說道。

當統合體的侵略部隊正在逼近時，她之所以不能離開妙翅院領，就是因為有神器留在這裡。

因此，她把彩葉邀到了禁域，為了將神器託付給身為龍之巫女的彩葉——

「去那裡也能發現我所追求的真相。我可以這樣理解嗎？」

雅俏皮地微微歪頭問。

「是的，恐怕沒錯。」

迦樓羅哀傷般微笑著頷首。

接著，她邀請彩葉似的伸出手。

「所以嘍，歡迎妳來，『櫛名田』儘奈彩葉，幽世之主。」

# 4

八尋一行人穿過洞窟以後，來到了讓人聯想到平安貴族宅第的神社，格局坐北朝南的社殿一角。

儘管規模遠遠不及，塗以朱漆的建築仍優美得近似天帝所居的帝宮。

妙翅院原本似乎是這座建築物的名號。迦樓羅一族並無正式姓氏，因此基於方便，才會用居所的名號代稱。

「可以的話，多希望能悠哉地帶各位參觀院內——」

迦樓羅走在前頭為八尋等人領路，遺憾似的嘆氣。

即使如此，她還是叫了隨從替彩葉安排點心。有意外守信用的一面。當然，只是迦樓羅本人想吃的可能性也並非為零。

圍繞妙翅院正殿的建築物也十分壯觀優美。

然而，建築物內部毫無人的動靜，一片死寂。

領內居民早已避難完畢，只有極少數直接侍奉迦樓羅的人留下。願意不顧生命危險追隨迦樓羅的他們是以超然的態度恭敬地迎接八尋這些客人。

接著迦樓羅命令隨從打開供奉於拜殿內部的門。

非得集數人之力才能打開的厚重木製大門。

門周圍掛著好幾層粗大的注連繩，拒絕不具資格者靠近。

目睹那道門，任誰都能瞬間理解。名為妙翅院的一族，就是為了保護門另一端的「某物」才會存在——

「迦樓羅小姐……這是……」

門後有裸露的地面，而且，有一塊圓形的岩石坐鎮於地。

岩石厚度相當於八尋的身高，直徑應該超過十公尺，是大得難以置信的岩石圓盤。

整體來講，岩石的形狀呈圓形，但細處看得出有所扭曲。絕非經過雕琢，也沒有華麗裝飾，生苔的天然巨岩。

它坐鎮於拜殿內部的模樣卻讓人覺得純淨而神聖。

甚至可以說那本身彷彿就是一座祭壇。

「是的，這是蓋子。區隔幽世與現實世界，將『真正冥界門』堵住的封印之岩。在這座祭壇底下有通往幽世的開口。各位所知的冥界門，都是未能與幽世接通的半成品。」

「意思是真正的冥界門就在這塊岩石底下？」

「正是。不過，位於此處的是完成任務的『枯朽幽世』，類似於化石，只保留了幽世的記憶。」

迦樓羅仰望巨岩，落寞地笑了笑。

八尋知道名為幽世的空間與現實世界成對，那是用來稱呼異世界的別名。

儘管幽世有時候會被稱為死後的世界，但那並非其本質。所謂幽世，是不會改變的場所。換言之，就是從單向的時光之流及因果關係獲得解放的空間。

永久不變的神域。不知道那具有什麼樣的含意。然而，迦樓羅將冥界門解釋成幽世的半成品，莫名地令人能夠理解。

八尋與彩葉在名古屋冥界門曾遇過古龍，以及陌生的龍之巫女。

先前他們會不會就是受困於不完整的永遠當中呢——八尋如此思索。

「時間已經不多了。我們走吧。」

迦樓羅用毫無遲疑的步伐靠近堵住冥界門的岩層。

雅與茱麗感興趣地一邊環顧四周，一邊毫不猶豫地跟著她走。

「……彩葉？怎麼了嗎？」

八尋正準備跟到迦樓羅她們後頭，就發現彩葉站著不動，因而露出納悶的表情。彩葉則用發抖的指頭抓住八尋的袖口。

她睜大的眼睛並未對焦，目光陣陣閃爍。

從未看過的表情。彩葉明顯在害怕。

「怎麼辦，八尋……我……好害怕……」

「害怕？」

「我覺得不能靠近這裡……不對，我不想看見位於這前面的東西。」

彩葉細聲嘀咕。軟弱地搖頭的她看起來比瑠奈還年幼。

八尋靜靜地吐氣，然後默默牽起彩葉的手。

他回望彩葉訝異的眼睛，用力把她拉到身旁。

「八尋……」

「不要緊，有我在。我跟妳約定過，會陪著妳吧。」

「……嗯。」

彩葉遲疑地微微點了頭。

八尋牽著她的手，朝幽世入口邁出腳步。

迦樓羅看著八尋他們那模樣，呵呵地露出微笑。

「鳴澤八尋……感謝有你陪在儘奈彩葉身邊。希望你一直到最後都不會忘記那句話。」

「什麼意思？」

「呵呵……請注意腳邊喔。」

迦樓羅斷然無視八尋的疑問，直接往岩層上面走。

巨岩的邊緣高低落差大，她的腳步卻很熟練。八尋等人設法找出能夠攀爬的地方，緊跟在迦樓羅後面。

岩石上有單純用石塊砌成的原始祭壇，其中心有一棵樹。恐怕是樹齡超過幾百歲的彎曲巨木。

那棵巨木是從封印之岩中央的深邃裂縫延伸而出。

可見樹本身是從封印之岩底下——冥界門深處長出來的。樹幹上還擺著一塊石頭，彷彿內嵌於其中。

褪色的灰色寶珠。

大小幾乎同於人類握起的拳頭，雖然形狀並不別緻，粗略來講還是可以稱為月牙狀的勾玉。

那無疑是遺存寶器，卻感受不到有足以稱作神器的力量。

然而迦樓羅伸手一摸，寶珠給人的印象便完全不同了。

「咦？」

霎時間，強烈的目眩感朝八尋來襲。

視野完全被黑暗封鎖，位於腳底的巨岩消失了。

光、聲音、分辨上下的知覺，甚至連重力都淡薄遠去。

突然被拋到虛空，連自己所在處都已經無法分辨。何止如此，連本身的輪廓都變得模糊，有種溶入虛空的錯覺湧上心頭。

八尋發現透過堵著冥界門的巨岩，自己被甩到了幽世當中。這就是迦樓羅提過的幽世記憶吧。

目前八尋唯一知覺到的，只有從無底黑暗伸出來的巨木枝幹，以及身邊的彩葉。

她所目睹的世界從緊握著的手流入了八尋的意識。

非得透過彩葉身為龍之巫女的感官，八尋才能理解過於巨大的幽世全貌。

廣大空間近似於炫目的滿天星空，如星辰閃爍的無數生命。包圍那塊空間的是一頭巨龍。不對，連是否可以稱為龍都無法確定。

世界是被名為龍的概念包圍住的結界，同時龍亦為世界的一部分。

龍自噬尾巴形成圓環，時間則是流過圓環當中的一棵大樹。

世界樹（Yggdrasil），以及世界龍（Ouroboros）——

當然那並不是人類能知覺到的存在，身為不死者的八尋也一樣。八尋只是透過身為龍之巫女的彩葉共享其感受。

「怎麼搞的，這裡是……？」

「這就是幽世，世界的根基。假如說是管控世界本身的系統，應該更容易體會吧。這個系統，似乎被統合體稱為龍骸（Corps），亦即『世界龍遺骸（Ouroboros Corps）』。」

遠方傳來迦樓羅的聲音。

同時，侵襲八尋的強烈目眩感也淡化了。

世界龍的幻影至今仍看得見。不過，先前八尋知覺到的壓倒性存在感已經消失。

八尋等人目前恐怕是位於現世與幽世的邊界，是迦樓羅幫忙把他拉回了人類勉強能理解的次元。

「龍骸……換句話說，就是世界龍的……屍體嗎……？」

八尋飄浮在讓人聯想到宇宙的黑暗中，深深地吐了氣。

人類居住的世界是誕生於龍的屍體上——有許多民族傳下這樣的創世神話。

八尋理解到那儼然是事實，精確來說則是事實的一部分。人類對於世界的面貌，只能捕捉到如此曖昧的形象。

「這……是龍嗎？圍繞世界的……龍……？」

「如果你感受到的是龍，應該就是龍吧。當然，龍骸並不具物理性的實體，畢竟這原本連人類可以知覺的空間都沒有。」

迦樓羅的聲音變得清晰，同時龍的幻影逐漸遠去。

八尋感覺到自己肉體的重量，身形跟著稍稍搖晃。因為重力回來了。

八尋攀附著站在世界樹巨大的枝幹上，用視線環顧四周。

「我們生活的世界不過是被這頭巨龍環繞的小小沙盒，或許說成世界龍以神蝕能造出的幻影會更正確。」

迦樓羅痛苦似的吐了氣。

她緊握的勾玉像心臟一樣搏動著，還散發出幽幽光芒。神器正以迦樓羅的生命力為代價，將幽世的面貌展現給八尋等人看。

「我曉得……」

八尋旁邊傳來了聲音。臉色蒼白的彩葉正茫然睜大眼睛，全身隨之顫抖。

「咦？」

「我曉得這個地方……也認得這條龍……」

「彩葉……？」

彩葉差點當場癱倒，八尋便立刻將她抱穩。雙手抱著頭的她全身冷透了，看起來虛弱得像是隨時都會消失。

「小雅，妳也一樣嗎？」

茱麗將滿懷好奇心的視線轉向雅。

既然彩葉認得世界龍的存在是因為身為龍之巫女，雅當然也會有相同的記憶才對。

雅卻一邊觀察彩葉的反應，一邊靜靜地搖頭。

「就我的記憶所及，這是我第一次見識這幅景象。可是，來這裡我就認清一切了。說來令人厭惡，但是姬川丹奈的假設似乎正確無誤。」

「丹奈小姐的假設？」

八尋扶著彩葉反問。

彩葉的肩膀頓時打了顫。然後她用畏懼的眼神望向雅，彷彿要雅別繼續說下去。

「我們——不，這個世界的所有人類，都是亡者。」

雅像在開示簡單謎題的解答一樣，淡然告訴眾人。

彩葉露出絕望的表情搖頭，另一邊的雅則仰望著擴展於全方位視野的世界龍，心滿意足地笑了。

「根本從一開始就沒有活人。我們『信以為真的世界』是『冥界』——亡者的國度。」

## 5

「妳說……我們信以為真的世界……其實是冥界……？」

八尋站在屬於世界樹一部分的巨大枝幹上，錯愕地凝望著雅。

幽世；世界龍；從背後推動著世界的巨大機關——俯瞰其幻影，讓人冒出意識逐漸遠離的錯覺。

這個世界會不會全屬虛構，而自己只是受操控的傀儡？

沒錯。這是一齣利用行屍演出的惡質人偶劇。

「妳說的亡者之國，就是指地獄嗎？難道我們是被打入地獄的罪人？」

「不。假如地獄指的是給予亡者刑罰的地方，冥界與地獄就不是相同的存在。話雖這麼說，倒也不能稱之為天國——」

「冥府、煉獄、黃泉之國——雖然有各式各樣的稱呼，共通的部分在於有罪或留有眷戀的亡者都會被送過來，在這裡等待靈魂獲得淨化。」

迦樓羅接著雅的話說下去。

迦樓羅的行為，等於間接認同了雅的發言有其正確性。

「意思是……我們，不對，所有待在現實世界的人類，其實都是亡靈……？」

「你沒辦法相信？」

「這種事情，不可能讓人一下子就接受吧……！」

八尋一邊撇嘴一邊搭話似的嘀咕。

可是，內心也有某處能夠理解。

為什麼自己不會死？

為什麼會有所謂的不死者存在？

八尋等人並非不死之身，而是早就已經死了。一度死去的人類，便不會一再喪命。只是靠著龍因子在活動的行屍走肉（Living Dead），那正是不死者的真面目。

「會有像魍獸那樣的東西誕生，也是因為這裡是冥界嗎？」

「沒錯。有種說法叫墮入畜生道，不過，若是把魍獸當成靈魂失去記憶而無法維持人樣的姿態，事情就說得通了。它們為何會從冥界門底部湧出，也一樣能獲得解釋。」

「所以說，冥界門是與地獄階層相通的孔穴嘍。」

茱麗滿不在乎地接納迦樓羅的說明。

迦樓羅說過，冥界門是幽世的半成品。

化為魍獸的靈魂無法去冥界，也無法去幽世，就被趕到世界的邊界了——也就是冥界門的底部。

「但我還是不能接受。就算我們居住的世界是冥界，感覺不會太鮮活或太俗氣了嗎？」

「你的意思是，冥界未免與現世太過相像了嗎？」

迦樓羅微微苦笑反問。

「對啊。有美味的菜餚，也有飢餓。有人過著富裕的一生，也有人為貧困或疾病所苦。

到最後還有人類自相殘殺。我不懂什麼沙盒世界或世界龍創造的幻影，但為什麼要弄得這麼逼真？反而會讓人留下更多眷戀吧？」

「那是因為有人希望世界成為這副模樣。」

「誰那麼多事啊？神明嗎？」

「某方面來說，或許是可以稱為神明。地母神，創世的女神。」

迦樓羅正色回答，讓八尋吃了一驚。

接著，迦樓羅用帶著幾分哀傷的眼神遙遙凝視眼前的世界樹。

八尋發現埋藏遺存寶器的巨木枝幹——有無數藤蔓纏繞的樹木表面似乎還埋藏著什麼。

「不過，她的真面目是人類。孕育出世界龍，並且靠神蝕能創造出理想世界的始源龍之巫女。我們是這麼稱呼她的——『櫛名田』。」

彩葉嬌弱的肩膀在八尋的臂彎中大力地抽動了一下。

「妳剛才說……櫛名田……」

八尋用沙啞的聲音嘀咕。

彩葉從僵住的八尋臂彎中掙脫，靠近世界樹的枝幹。接著，她硬是撥開掩蓋著樹幹表面的藤蔓。

從藤蔓底下出現的是琥珀。

樹液凝固後孕育而成的黃金色寶石——直徑似乎有數公尺，尺寸令人難以置信的碩大琥珀。

八尋與彩葉看了那埋藏於世界樹的寶石外觀，便失去了言語。

他們並不是對琥珀的大小感到吃驚。相較於世界樹的規模，其尺寸微不足道。

八尋他們會受到動搖，理由在於那巨大的琥珀當中浮現了人影。

身穿粗糙巫女服的年輕少女。

「不知道是在幾百年前，或者幾千年前——她被當成祭品獻給了名為幽世的系統，代價就是創造了供我們生活的現實（世界）。」

迦樓羅用歌唱般的溫柔語氣說道。

「我們應該要感謝她才對。畢竟沒有她的話，或許冥界的居民會活在照不到陽光的永暗世界，吃著塵埃與黏土過活。」

「倘若如此，為什麼我們會被召來當新的龍之巫女呢？」

雅用納悶的口氣問道。

這是理所當然的疑問。

據說龍之巫女是為了召喚新龍而存在的。

然而冥界若是由獻祭（櫛名田）的少女創造出來的世界，應該就不需要新的龍之巫女。畢竟在那個世界裡早就有龍的存在——

「時間過得太久了。」

迦樓羅將同情般的視線轉向世界樹。

「維持冥界是孕育出世界龍的龍之巫女所願。但是經過了幾百年的時間，龍之巫女的靈魂受到磨耗，世界龍的力量就衰退了。所以幽世要找新的祭品，懷有強烈心願，而且感情濃烈的新鮮靈魂——」

「聽來還真是擾人呢。」

雅不耐地蹙眉。

「是啊。雖然這不是我該說的話，但我感到同情。」

迦樓羅微笑著點了點頭。

世界龍是自噬尾巴的龍，據說其圓環象徵永恆的輪迴，更代表了無限。

隨時間經過，世界龍將毀滅自己孕育的舊世界，並且創造新世界。龍之巫女是為此所需的祭品。

「就不死者來說也是同理。要孕育新的冥界，就必須從內部吞噬現有的世界龍，將古老的冥界抹消。為此而準備的人選，便是以龍之力誅龍的『弒龍英雄』。」

「我懂了……尼森之前提到的，就是這件事……」

所有神蝕能練到精通，即可任意操控世界——

之前引出火龍之力的八尋企及八卦境界，尼森便若有所指地這麼告訴他。不死者的龍之力完全覺醒，最終將到達太極——世界的本質。那就是尼森話裡的真正含意。

倘若如此，八尋等人現在目睹的世界龍就是以往人類成為不死者之後的下場。

而且，賦予那些不死者庇佑的龍之巫女正是櫛名田——

被當成祭品受困於世界樹中的少女。

「騙人……」

彩葉望著封藏少女的琥珀說道。

聲音細微得幾乎聽不見。

她粗魯地扯開包覆琥珀的藤蔓，並且猛搖頭。

「你們說的那些，都是騙人的……！」

迦樓羅、雅、茱麗——還有八尋什麼都沒說。

因為他們所有人都已經理解彩葉心生動搖的原因了。

「畢竟，假如櫛名田真的已經獻祭給孕育這個世界的龍！假如她的靈魂已經被磨耗而消失……！『那我為什麼會在這裡』！」

彩葉甩亂頭髮大叫。

被封藏在琥珀裡的獻祭巫女酷似八尋等人認識的少女。

抱著純白魍獸的美麗少女——

其樣貌簡直像照在鏡子裡的彩葉，長得一模一樣。

## 6

迦樓羅放開奉為神器的勾玉之後，空間又劇烈搖盪了。

有跡象可以看出跟幽世的分界已遭封閉。

一回神，八尋等人都站在原本的巨岩上。

彩葉則癱軟地在八尋的臂彎裡閉著眼。

目睹櫛名田受困於琥珀當中的模樣以後，彩葉立刻失去了意識。對彩葉來說，那個被獻祭的少女就是如此令她震撼吧。

這也怪不了她——八尋心想。這個世界是冥界的事實就已經讓人大受刺激，而且孕育冥界的說不定就是彩葉自己。她聽了這些說法不可能不受動搖。

八尋等人帶著昏厥的彩葉，暫且先從祭壇下來。

走出封印之門，回到社殿。

迦樓羅的隨從們正拿著托盤站在那裡。

托盤上擱著熱茶與銅鑼燒。明明不是品嚐這些的時候，他們似乎仍乖乖照著彩葉的要求做了準備。假如彩葉的身分真是創世女神，侍奉天帝家的他們會視彩葉為神聖存在或許也是理所當然。

所幸彩葉昏厥的時間並沒有太長。

彷彿作了惡夢的她在夢囈間很快就醒了過來。

「妳醒啦，彩葉，感覺怎麼樣？」

八尋俯望睜開眼睛的彩葉，並且露出安心的表情喚道。

「八尋，我……」

彩葉用畏懼的眼神仰望八尋，嘴唇隨之發抖。表情看起來像是明明急得非說些什麼不可，卻想不出字句。

「會不會渴？」

八尋盡可能用溫柔的語氣問彩葉。

「咦……啊，有一點……」

突然的疑問讓彩葉困惑地點頭，而八尋硬是把熱茶塞給她。彩葉拗不過八尋的強硬，就怯生生地把茶接到手裡。

「謝、謝謝。」

「嗯。」

「這是？」

「好像是天帝家的茶點。之前妳一直想吃對吧？」

「對、對啊。」

像在餵嬰兒吃斷奶食品，八尋把銅鑼燒遞到彩葉面前。彩葉看似受了牽引而張嘴。她用小動物般的動作咬下一口，霎時間，受驚似的睜大了眼睛。

不愧是天帝家御用品牌，風味應該跟尋常茶點別有不同。

彩葉連自己剛從昏厥中醒來都忘了，拿起銅鑼燒狼吞虎嚥，一轉眼便吃得精光。

「好吃嗎？」

「我想要再來一個。」

「給妳。」

彩葉不懂客氣的發言讓八尋露出安心的笑容。糖分果然有效，她恢復了平時的調調。

迦樓羅等人也樂得看彩葉拿起銅鑼燒大快朵頤的模樣。實際上，她的吃相算豪邁。不久，彩葉吃完托盤上的銅鑼燒，便啜飲熱茶心滿意足地呼氣。

接著她猛一回神，慌張地站起身。

「對、對不起。寶貴的時間被我浪費掉了……！」

「不用賠罪。妳會感到動搖反而是理所當然。」

迦樓羅像在體恤彩葉，帶著溫婉的臉色露出微笑。

「對啊。忽然聽到你其實是死人的說法，我的腦子也會陷入恐慌。」

八尋也對迦樓羅表示贊同。

儘管慌亂程度不如目睹祭品(櫛名田)跟自己有著相同臉孔的彩葉，八尋也十分震驚。正因為彩葉比自己還慌，八尋才能免於失措。

「茱麗，妳們從一開始就曉得嗎？包括這個世界的真面目？」

「細節有解讀上的分歧，但是我們家族也有內容雷同的傳述。統合體成員的家族譜系大概都差不多吧。」

茱麗側眼看著迦樓羅說道。

回想起來，茱麗與珞瑟從最初就稱呼彩葉為櫛名田了。

龍是孕育世界的存在，這也是她們告訴八尋的。原本還覺得是缺乏現實感的說詞，但她們對八尋一直都只述說真實。

「不過，雖說是幻影，能看見幽世真正面貌的就只有天帝領喔。統合體與那男的會執著於天帝家，理由正是在此。」

「那些傢伙想要的，是這座真正的冥界門嗎……」

「是的。說得更精確一點，他們應該是要開啟冥界門的神器。畢竟用來連接幽世的唯一鑰匙，就是那件遺存寶器。」

迦樓羅把目光轉向巨岩上的祭壇。

將埋藏於世界樹枝幹的勾玉帶走，就能完全封閉位於此處的冥界門。為此，迦樓羅才將彩葉與八尋叫來妙翅院領這裡。

「統合體那些人打算用神器做什麼？」

「優西比兀．比利士與強硬派成員的目的在於實現他們心目中的理想世界。你們記得鳴澤珠依在橫濱牽涉的那次事件嗎？」

迦樓羅回答了八尋的疑問。八尋板起臉點頭。

「不可能忘記吧。多虧如此，我差點就被她變成龍了。」

「但是從結果來講，地龍的召喚失敗了。現在鳴澤珠依已經沒有能力孕育新的龍。四年前大殺戮以半途而廢的形式結束時，就可以得知這一點。」

迦樓羅說的話讓八尋與彩葉面面相覷。

妨礙珠依召喚地龍的是彩葉。

四年前也是跟上次一樣，彩葉的淨化之焰焚滅了地龍的龍因子，讓八尋獲得解放，結果珠依身為龍之巫女的力量就遭到大幅削減。

「所以，他們才不得不出手搶奪神器吧。只要有神器，即使不召喚新龍也能抵達幽世。他們應該是打算在那裡重建世界。」

「那種事情辦得到嗎？只有獻祭的巫女能孕育新世界吧？」

雅蹙眉說道。

就算抵達幽世，要孕育世界龍仍然需要獻祭的巫女。因為世界龍重塑世界的力量是源自獻祭巫女的心願。

「有巫女啊，他們為此『製造出來的巫女』。」

迦樓羅用流露出同情的語氣答話，並且嘆息。

「製造出來的……？」

「難道說，那是指珠依？」

雅詫異地眨起眼睛，八尋則用緊繃的聲音反問。

「原來你已經發現了，鳴澤八尋。」

「得到的提示已經夠多了嘛。」

八尋露出苦澀的表情嘆息。

珠依是跟彩葉在不同層面上有其特殊地位的龍之巫女。

生來就不具色素的純白髮絲。

以年齡而言顯得稚氣，而且孱弱多病的身體，頻繁發生在她身上的死眠症狀。

統合體一方面把珠依當成實驗動物對待，另一方面又不惜動用姬川丹奈等人來搶回變成俘虜的她。假如這全是因為統合體創造了珠依，事情就能獲得說明。

「鳴澤珠依是統合體用人工技術製造的龍之巫女。為了實現這一點，她的肉體似乎承受了相當大的負擔。」

「難道說，我老爸也是統合體的相關人員？所以珠依才殺了老爸？」

珠依是八尋的父親某天突然帶回家的少女。

儘管珠依戶籍上是八尋的妹妹，關於她的過去與母親的身分，父親都不曾向八尋說明。

而且，珠依最終刺殺了八尋的父親。

事情發生於她引發大殺戮的前一刻。

「鳴澤珠依發現自己出生的祕密，大有可能就是她殺人的動機。那一天實際發生過什麼，外人只能想像就是了。」

迦樓羅沒有否定八尋的推論。

彩葉與雅都訝異地瞠目，茱麗卻面不改色。

茱麗恐怕只看過一眼就瞬間發現珠依的真面目了吧。因為珠依是用跟她們這對雙胞胎相同技術製造出來的強化人（Designer Baby）。

「那男的——優西比兀・比利士應該是想用天帝家的神器抵達幽世，再讓珠依孕育自己心目中的理想世界。」

茱麗以像在嘲弄自己父親的冷淡口吻說道。

八尋回望茱麗，並傻眼地搖頭。

「荒謬。難道他以為珠依會乖乖聽話？」

「那男的認為用藥物或催眠就能隨意操控她的自我啊。」

茱麗一邊冷冷地微笑，一邊聳了聳肩。

接著她從防彈夾克懷裡拿出手機尺寸的行動裝置審視螢幕。好像有緊急通訊傳來。

「——說到珠依，狀況好像變得有點棘手喔。」

「難道希瑞爾・基斯蘭溜掉了？」

八尋因為不安而臉色一沉。

希瑞爾運走了昏睡狀態的珠依，要是讓他與統合體強硬派的人員會合，狀況確實會變得麻煩。就算機率不高，優西比兀那些強硬派將珠依運到幽世的可能性並非為零。

「沒有，並不是那樣喔。帕歐菈他們追到人，也已經收拾掉希瑞爾了。」

「收拾掉了？」

既然如此，還有什麼問題——八尋用狐疑的視線看向茱麗。

「問題在於之後啊。雷龍巫女和她的不死者似乎現身了。」

「雷龍的不死者？投刀塚嗎！」

八尋驚訝得扯開嗓門。

一瞬間，迦樓羅臉上也浮現憂慮之色。

受雷龍庇佑的不死者，投刀塚透——八尋深知他有多可怕。過去他當著八尋眼前，輕易就殺了同為不死者的神喜多天羽。

「帕歐菈他們還好嗎？該不會……」

「不要緊。雖然有人受傷，但沒人陣亡。因為在那之前，珠依就醒來攻擊投刀塚了。」

「珠依醒過來了……？」

彩葉代替說不出話的八尋反問。接連收到難以置信的情報，老實說，理解能力已經趕不上了。

「她的意識姑且恢復了，但好像並不是處於能正常溝通的狀態。受重傷的投刀塚被逼退以後，珠依本人似乎也不知道消失到哪裡去了。」

「那樣的話……狀況或許不妙呢。」

雅憂慮地垂下目光。

她的反應讓八尋有些意外。

「狀況確實是麻煩了，不過總比被茱麗她們老爸抓到要好吧？再說，姑且也逃過了投刀塚那一關……」

「覬覦珠依的人不只優西比兀．比利士喔。你們忘了嗎？」

「對喔……還有丹奈小姐……」

彩葉捂著自己的嘴，八尋也無意識地咬脣。

沼龍巫女——姬川丹奈想擄走珠依，是短短幾天前才發生的事。她帶著不死者湊久樹，還有統合體當後盾，從某方面來看可說是遠比優西比兀或投刀塚還棘手的存在。

「姬川丹奈背後有統合體最大派系的首腦亞佛列德．薩拉斯撐腰，而且他們手上已經有神器了。」

「神器？對喔，草薙劍……！」

八尋臉上失去血色。

珠依能製造冥界門。

憑她一人之力只能創造不完全的「半成品」，但是有神器草薙劍就另當別論。珠依恐怕能打開前往幽世的通道。

並不是已經完成任務的枯朽幽世。

而是用於孕育新世界龍的子宮——前往次世代幽世的通道。

「看來，我們真的沒有悠哉的餘裕了呢。」

迦樓羅以沉重的語氣告訴眾人。珠依已經沒有力量召喚地龍，就算她一個人抵達幽世也無法改變什麼。

然而，姬川丹奈有久樹在。身為沼龍不死者的他有可能成為用來召喚龍的觸媒。丹奈恐怕是打算拿自己當獻祭的巫女，好讓久樹進化為世界龍吧。

為了消滅這個古老的冥界，並創造新的冥界——

而且，珠依肯定會協助丹奈他們才對。

新的冥界誕生，表示古老的冥界會瓦解。那正是憎恨世上一切的珠依懷有的心願。

「儘奈彩葉，請妳跟我一起來。我們要回收勾玉。」

「……我可以嗎？」

「可以的。龍因子濃度太高會讓常人無法承受，但妳身為正統的龍之巫女，要帶走勾玉就不成問題。鳴澤八尋，你來護衛她。」

彩葉與八尋追著邁步而去的迦樓羅，再次爬上堵住幽世的巨岩。

迦樓羅指向被世界樹枝幹環抱的勾玉，彩葉就緊張地伸出手。

「天帝家相傳的神器有三件，其中之一的靈鏡——已經在四年前的大殺戮當成觸媒動用而喪失了。草薙劍遭梅羅拉公司回收，目前在薩拉斯老爺手邊。因此這裡的勾玉是天帝家僅剩的最後一件神器。」

彩葉聽了迦樓羅的說明，點了點頭，然後拿起勾玉。

勾玉脫離世界樹的枝幹，輕而易舉。

與此同時，世界樹的枝幹發出劈啪乾響，枯朽凋零了。

原本繁茂的葉片褪色碎散，枝幹本身也轉變成塵埃。

迦樓羅默默目送世界樹最後一程，然後短暫閉上眼。

接著她抬起臉，若無其事地微笑說了：

「這座冥界門就此失去功能了。留在這裡已經無濟於事，我們走吧。」

## 7

來到拜殿外頭，便發現夜空被染紅了。

在無聲無息下個不停的霧雨中，嵯峨野的森林燃燒著。

火災的原因是統合體侵攻部隊與魍獸發生了爭鬥。裝甲車遭到破壞，外洩的燃料及彈藥點燃火頭，因而延燒至山中草木。

交戰的影響已經遍及妙翅院領地內。持續不斷的砲擊聲像地震一樣撼動大地，魍獸撕裂大氣的咆哮於領內到處響起。

被火焰照亮的夜晚街道宛如白晝，令人反胃的血腥味隨風傳來。

遠超出想像的慘狀，連習慣作戰的八尋都不禁倒抽一口氣。

「統合體……！妳們提過的迷途結界被打破了嗎？」

「是啊。確實被對方入侵至結界內側了……不過，這就奇怪了。統合體的損害未免太大。為什麼他們會魯莽成這樣……？」

雅像在判讀風向一樣閉上眼，並露出困惑之色。

統合體以大軍包圍了妙翅院領，原本曾占盡優勢。

只要將包圍網節節縮小，迷途結界遲早會破，根本沒必要急著進攻。

然而統合體此刻的指揮系統卻分崩離析，彼此失聯的部隊明顯陷入混亂。跟眼前魍獸交戰只是走一步算一步，毫無策略而膠著的消耗戰。

「是魍獸……」

彩葉瞪著陷入火海的街道，用發抖的嗓音細語。

「統合體並沒有打破結界攻進來，遭受攻擊的是統合體。那些魍獸……怎麼會這樣大舉出現……」

「魍獸？就算這樣，數量會不會太多了？統合體的大軍被單方面蹂躪到這種地步，究竟是哪裡跑來這麼多魍獸……」

話剛說到這裡，八尋便警覺地倒抽一口氣。

大軍展開的包圍網被大量湧現的魍獸瞬間瓦解——八尋知道跟當下局面很相似的事件，半個月前在橫濱發生過。

當時，魍獸們並不是從冥界門出現。

它們是從現場「誕生」的，從包圍比利士藝廊遠東分部的敵兵當中——

「八尋！茱麗也沒事嗎，太好了……！」

茫然杵在原地的八尋聽見語氣正經的呼喚聲，還有柴油引擎的噪音才回過神。

街道陷入火海，眼熟的裝甲運兵車從中衝出。被魍獸的血濺濕的運兵車有藝廊戰鬥員在旁擔任隨扈。

「魏洋哥！你怎麼進來這裡的……？」

「如你所見，硬闖啊。畢竟統合體的戰力已經殘破不堪了，就算他們察覺到我們，也什麼都做不了。」

手持輕機槍的魏洋喘著氣趕來八尋等人這裡。

「重要的是趕快上車，不盡早脫離就不妙了，有魍獸化的災情。」

「魍獸化……？」

「對，跟橫濱那次一樣。統合體的戰鬥員出現了魍獸化症狀。照這樣下去，這座山不用多久就會擠滿魍獸。」

一向冷靜的魏洋用難掩焦急的語氣說道。

「原來真的是魍獸化造成的……怎麼會這樣？我沒有感受到龍被召喚出來的跡象啊。」

八尋尋求解答似的將視線轉向彩葉。

在橫濱發生的魍獸化現象，原因出於珠依有意召喚地龍。然而，妙翅院領這一帶並未感受到龍的存在。統合體的戰鬥員會魍獸化，想必另有理由。

「難道說，是因為我們帶了這個出來……？」

彩葉用畏懼的眼神看向自己手裡握著的勾玉。

從祭壇上的世界樹拿下遺存寶器後，前往幽世的通路就此封閉了。她擔心那會不會是造成魍獸化現象的原因。

「錯了，彩葉，這恐怕是新世界龍準備誕生造成的影響。古老冥界的秩序即將瓦解。」

迦樓羅用毫無遲疑的語氣斷言。八尋訝異地看向迦樓羅。

「該不會是珠依他們搞的鬼？」

「這個嘛，至少鳴澤珠依是有能力孕育新的幽世。擁有主動開啟冥界門的權能，在四年前也曾染指幽世的她辦得到——」

「既然如此，表示鳴澤珠依和姬川丹奈已經會合嘍？」

雅淡淡地指出要點。

她敢這麼斷言，是因為篤定草薙劍就在丹奈手上。

從梅羅拉公司搶了草薙劍交給丹奈的不是別人，正是雅本人，她要回報對方助自己逃脫的人情。對此八尋並非毫無怨言，但他也了解現在不是發牢騷的時候。

「新世界龍不知道要花多少時間才會誕生，但已經對世界有所影響是事實。照這樣下去，統合體的主流派——姬川丹奈等人將會達成目的。」

「主流派？」

「對。無關乎自身利益，單純希望新冥界出現的一群人。」

「該怎麼說呢……聽起來不妙耶。」

八尋粗魯地抓亂頭髮。

八尋絕不討厭湊久樹這名青年，然而為了實現丹奈的心願，他可以不惜任何犧牲，有不穩定且危險的部分。這表示無法期待久樹成為對丹奈的抑止力。

而且丹奈是個為了滿足自身求知慾，也可以不惜任何犧牲的人。

既然有久樹協助她，如果放著那兩人不管，他們必然會把事情做絕，即使結果將讓這個冥界毀滅。

「湊先生成為世界龍的話，會發生什麼事呢？」

彩葉靠向迦樓羅問。

迦樓羅微笑著搖搖頭。

「端看姬川丹奈的心願是什麼。不過，至少我們目前所在的這個現實世界將會完全消滅才對。」

「阻止的方式是什麼？」

「請殺了對方。追上鳴澤珠依與姬川丹奈，手刃她們兩人。」

「唔……！」

彩葉臉色鐵青地瞪向毫不遲疑如此相告的迦樓羅。從彩葉的性格來想，這在某方面算是理所當然的反應。

然而，迦樓羅用不具感情的目光回望彩葉說：

「當然，能靠言語說服她們的話也無妨，不過考量到至今的經過，希望渺茫吧。」

「……除了殺丹奈小姐她們，沒有別的方法嗎？」

「只有一個方法，但是比靠言語說服更不實際。」

「告訴我，要怎麼做才好？」

「趕在鳴澤珠依與姬川丹奈之前，由妳先改變世界。」

「……咦？」

迦樓羅說出意料外的話，使得彩葉眨起眼睛。

「請由妳孕育新的世界龍，並且祈願讓這個世界存續。那麼一來，就能阻止世界毀滅。精確來講，應該是這個世界將會與新誕生的未來接壤。」

「由我……成為龍的祭品……」

彩葉茫然看著自己手中的勾玉。

迦樓羅看了彩葉的反應，因而柔柔一笑。

「但是，我想那應該不可能達成。因為現在的妳內心已無可以實現的願望。畢竟妳已經創造了這個充滿光明的美麗世界，也就是現在的冥界——」

「啊……」

彩葉聲音顫抖。

現在的彩葉失去了小時候的記憶。不過，假如她真是由祭品轉世而來，這個冥界便是她本身的心願。

彩葉已經創造出冥界，就沒有新願望能獻給世界龍。現實擺在眼前，讓彩葉露出好似孩童即將哭出來的表情。

八尋硬是把彩葉拉到身邊。

「沒關係，彩葉，妳不用思考多餘的事。」

八尋抱著顫抖的彩葉的頭，對她露出笑容。

接著，他就像在告訴自己，露出陰沉凶狠的笑容喃喃說道：

「殺珠依，是我的工作。」

## 8

「無論如何，都要先追上珠依她們才有下一步嘍。妳對她們的去向心裡有數嗎？」

茉麗用一如往常的開朗口吻問迦樓羅。

迦樓羅微微露出苦笑搖頭。

「她們沒來這裡，就表示無意利用妙翅院領的冥界門吧。基本上只要有鳴澤珠依的神蝕能，想在任何地方替世界的邊界鑿洞，繼而打開接通幽世的新通路都是可行的。」

「換句話說，我們只要找出珠依她們用的門，從那裡追上去就行了嗎？」

「是這樣沒錯。要讓湊久樹變成世界龍，理應需要相當時間，你們到底能不能趕在那之前追上倒不好說……」

「更重要的是，我們能不能活著離開這裡或許才是問題。外頭情勢好像變得很糟糕。」

警戒四周的魏洋按捺不住似的說。

統合體與魍獸間的戰鬥明顯比幾分鐘前更激烈，被逼急的當然是統合體陣營。

每當有魍獸化的戰鬥員出現，統合體戰力就會減少，其恐懼又會成為讓其他戰鬥員變成新魍獸的導火線。對統合體的指揮官來說，這是最惡劣的循環。

「也對。如果少了彩葉的血清，我們大概也會有危險。」

茱麗說著就把手抵到自己的左肩。

藝廊遠東分部的戰鬥員都預先接種了由彩葉的血液製成的抗魍獸化血清。魏洋等人之所以不受魍獸化影響，理由便是在此。

然而，血清本身屬於試作品，效果管用到什麼地步是未知數，狀況絕不容樂觀。

即使如此，當前被魍獸襲擊的危險性仍然勝過戰鬥員的魍獸化。取得神器的目的既已達成，便沒有理由在妙翅院領停留。

「所以嘍，我們要先脫離這裡。舞坂雅跟迦樓羅都上車。至於八尋和彩葉，不好意思，能麻煩你們幫忙開道嗎？」

茱麗環顧四周，並且陸續下達指示。

八尋與彩葉看了彼此的臉，然後點點頭。

若是跟統合體的戰鬥員交戰，八尋他們幫不上忙，然而換成魍獸就另當別論。尤其在四周都是魍獸化戰鬥員的狀況下，彩葉操控魍獸的權能應該會成為突圍利器。

可是，迦樓羅對茱麗的指示唱了反調。

「不，請各位先走，不用顧慮我。」

「迦樓羅小姐……？」

彩葉愕然看向迦樓羅。

迦樓羅突然把手掌伸向彩葉。

從她的手掌釋出了純白光彩的淨化之焰。

那道火焰洪流飛過彩葉身旁，將出現在她背後的魍獸們焚滅。

「它們並不是獻祭巫女孕育的魍獸，而是被另一套法理強行改變樣貌的存在。妳的聲音無法打動它們喔，彩葉。」

「怎麼會……」

彩葉望著消失在火焰中的魍獸們，緊咬著嘴唇。

過去彩葉能跟魍獸交心，是因為她身為獻祭巫女(櫛名田)——亦即孕育了眾多魍獸的創世女神。

然而，這些魍獸的母親並非獻祭巫女，彩葉的聲音不能打動它們。認清迦樓羅所言屬實的不是別人，正是彩葉本身。

理應不會攻擊龍之巫女的魍獸，在剛才曾想襲擊彩葉——而彩葉直到遇襲前都沒察覺這一點就是最好的證據。

「這裡的魍獸由我來攔阻，請你們趁隙突破統合體的包圍。」

「妳打算怎麼逃脫……？」

「我的職責已經結束了。我會在這裡跟妙翅院命運與共。」

迦樓羅回望焦急的八尋，嫣然微笑。

追隨迦樓羅到最後的十幾名隨從也帶著平靜的表情接納了她所說的話。他們應該都打算效忠迦樓羅到最後一刻。

「不行……既然妳說自己的職責已了，更沒有理由在這裡捨棄性命吧！妳好不容易才獲得自由的，不是嗎……！」

八尋正色逼問，迦樓羅便悄悄地挽起右臂的衣袖給他看。

八尋不由得倒抽一口氣。

迦樓羅的纖瘦手臂像水晶一樣透明，還映出周圍的火光。

結晶化，遺存寶器的相合極限。

「生為人類之身，我已經過度動用神蝕能。看來我會比各位早一步從這個冥界離去。」

「迦樓羅……小姐……」

八尋看迦樓羅心滿意足似的微笑，便無言以對了。

迦樓羅的性命撐不了多久，她打算將自己剩餘的壽命用來幫助八尋等人逃脫。

不過她的表情並沒有悲愴感。

迦樓羅履行了她被賦予的責任。

將神器託付給彩葉的她用自己的性命做了交換。八尋等人能做的，就是避免辜負迦樓羅的覺悟，盡早脫離這塊地方。

「我們走吧，彩葉。」

八尋用揮別迷惘的強硬口氣說道。

彩葉抿著唇點頭，迦樓羅則瞇起眼睛，彷彿在告訴他們：這樣就好。

「抱歉，能不能請你們等一下？看來我這邊也有非收拾不可的事。」

茱麗一邊戴上戰鬥用的手甲，一邊慵懶地吐氣。

她從指頭射出了磨得銳利的鋼索，直取位於八尋等人視野邊緣的魍獸。

首級被砍斷的魍獸濺出血花伏倒在地。從那頭魍獸的屍體底下爬出了一名滿身是血的男子。

身上西裝昂貴得與戰場並不搭調的白人男子。

茱麗形同救了被魍獸攻擊的那名男子一命。

然而茱麗看向男子的眼神是冷漠的，甚至像在鄙視他的模樣。

「您平安無事真是萬幸，父親大人。您這副模樣可真是英姿煥發。」

「珞瑟塔……不，妳是茱麗葉嗎……」

滿身是血的白人男子——優西比兀．比利士認出茱麗以後，就一臉苦澀地撇嘴。

優西比兀率領了統合體的強硬派，想攻打妙翅院領。然而眾多戰鬥員化為魍獸，使得他的部隊已瀕臨潰滅，而且他自己也像這樣落入了困境。

侯爵頭銜在這種狀況也沒有用處。此刻的優西比兀，只是個無能為力的一般人。

「廣範圍的無差別魍獸化……這也是妳們安排的策略嗎，茱麗葉？」

「怎麼會。好像是統合體的主流派——薩拉斯老爺子策動的喔。你完全被對方擺了一道呢，父親大人。」

茱麗對父親的質疑搖頭。優西比兀咬牙作響。

「別叫我父親，妳這人偶。」

「可惜……我一直想親手殺你，但是目睹你現在的慘狀，就提不起勁了。」

「閉嘴！」

優西比兀甩亂頭髮，怒喊著舉起手槍。

然而在他扣下扳機前，手腕就被悄悄纏上的鋼索切斷了。那當然是茱麗下的手。

魏洋與其他遠東分部的戰鬥員則是連槍口都沒有朝向優西比兀。他們從一開始就有把握，憑優西比兀是傷不了茱麗的。

「唔喔喔喔喔喔喔喔喔！」

優西比兀按著鮮血噴湧的右手，發出慘叫。

茱麗低頭望著滿身泥巴跪在地上的父親，厭煩地吐氣。

「剛才那是幫小珞報仇。至於我的份，已經免了……」

彷彿就此失去興趣，茱麗轉身背向優西比兀。她正準備直接搭上藝廊的裝甲車，優西比兀便拚命喚道：

「慢、慢著，茱麗葉……等我！」

「你只配當魍獸的飼料。身為大殺戮幫凶，將眾多人類變成魍獸的你就該如此。」

茱麗朝著含淚懇求的父親冷冷瞥了一眼。

優西比兀露出絕望的表情，還開始咒罵茱麗。不堪入耳的汙言穢語，感覺實非父親會對女兒說出來的話。然而，那樣的狀況沒有持續多久。

大概是嫌鬼吼鬼叫的優西比兀礙眼，有一頭魍獸從火焰當中現身，朝他的背直撲而來。

優西比兀連慘叫都發不出就被魍獸拖走，消失在火焰中。茱麗則已經不願回頭多看那樣的他。

「這樣好嗎，茱麗？」

「嗯。我覺得舒坦一點了。」

茱麗回望欲言又止的彩葉，接著露出爽朗的表情笑了笑。

從彩葉的性格來想，應該會對茱麗拋下優西比兀的做法感到糾結。

然而優西比兀用槍指向茱麗，因而遭到了還擊。茱麗既沒有理由救他，也沒有空閒思考該怎麼救。復仇完成後，茱麗放下了對父親的恨，還能積極求生存就是最起碼的救贖。

「好了，我們走吧。那男的會逃到這裡，表示統合體已經潰滅了吧。其他魍獸很快就會湧來喔。」

受到茱麗催促，八尋等人搭上了裝甲車。

如她所說，無數魍獸正朝著妙翅院的土地蜂擁而至。

那些新世代的魍獸，就連彩葉與迦樓羅的能力都管控不了。搭載於裝甲車的機關槍猛然開火牽制魍獸，效果卻形同自我安慰。

八尋從裝甲車的艙門探出上半身。他瞪著如海嘯般湧來的魍獸，持刀備戰。

裝甲車火力再怎麼強，要跟數量如此龐大的魍獸正面衝突也無法全身而退。要突破魍獸包圍，只能靠八尋的神蝕能打開缺口。

不過，自己的能耐足以打倒這麼多魍獸嗎——當八尋差點承受不住壓力時，有一道身穿和服的倩影映入視野。是迦樓羅。

「迦樓羅小姐……！」

迦樓羅站到裝甲車前方，朝成群魍獸張開雙手。

搖曳於她胸口的寶珠綻放出耀眼的深紅光芒。

那道光芒隨即變成了轟然肆虐的火焰洪流。

火焰像不死鳥一樣張開翅膀，將一切吞沒。

包括那些魍獸、妙翅院領的街道，還有迦樓羅自己的身影——

「去吧，鳴澤八尋，願幸福伴隨你們而行——」

迦樓羅使壞似的嗓音於耳裡響起，聽來很是清晰。

由迦樓羅催燃的這一把火，在八尋等人面前開拓出道路。

裝甲車引擎發出嘯聲，朝著逃竄的大群魍獸直衝而去。

八尋回過頭，看見的是在火焰中微笑的美麗女子。

妙翅院迦樓羅最後的身影。

# 第四幕 空洞欲求

THE HOLLOW REGALIA

CHAPTER.4

## 1

妳是特別的喔——她這麼說。

所以，華那芽坦然接納了這句話，認為自己是特別的龍之巫女。

事實上，雷龍巫女——鹿島華那芽應該算是特別的存在。

除了至今仍未現身的天龍巫女(Gula)，華那芽是唯一與統合體不具關係的龍之巫女。

而且華那芽賦予龍之庇佑的少年擁有堪稱最強不死者的驚人戰鬥能力。華那芽被期待的角色，就是成為一道駕馭不死者的軛，將對方納入天帝家的監視下。

華那芽忠實地履行了自己的職責。

不死者——投刀塚透失控的狀況絕不算少，但他殺人不講理的次數已經劇減，對於天帝家指派的任務也大多願意配合。

天帝家在統合體面前保得住中立地位，能夠讓投刀塚服從也是一大因素。只要投刀塚有意，即使隻身一人也能對統合體金主的戰力造成致命打擊。統合體畏懼投刀塚那樣的戰鬥能力。

而且，天帝家同樣畏懼投刀塚。

儘管投刀塚與妙翅院同樣來自天帝一族，性情卻過於異常。

他善變，喜好享樂，殘忍得像是不知生命價值的孩童，同時又狡猾得無懈可擊。

假使日本並沒有毀滅，投刀塚亦未獲得不死者之力，他肯定還是會成為英雄，或者名留歷史的稀世殺人狂。

唯一不怕投刀塚的人就只有妙翅院迦樓羅。

能力傑出的她據說可使用天帝家相傳的所有遺存寶器，更具備讓人風傳為下任天帝的威嚴，即使與投刀塚面對面，態度也不懼不卑。不知道為什麼，投刀塚似乎也很欣賞迦樓羅。

迦樓羅敢於跟怪物般的不死者青年對等交談，使華那芽打從心裡對她抱持敬意與憧憬。

迦樓羅還說了，華那芽是特別的。

回應她的期待正是華那芽的驕傲兼存在意義。

明明如此。

然而，明明如此——

迦樓羅選上的卻不是華那芽，而是火龍巫女儘奈彩葉。

儘奈彩葉與她的不死者取代華那芽，被邀到妙翅院領，由迦樓羅親自交讓了神器。

「透，傷勢如何？」

單純加熱過的真空包軍糧被當成正餐，由華那芽端到投刀塚面前。

地點在京都市內，華那芽他們選為藏身處的古老民宅。

坐在被褥上把腿伸開的投刀塚則是一臉嫌煩地抬頭看了華那芽。

他手裡握著一柄長得可怕的鐵刀，幾乎沒有弧度的古代刀劍。

刀名，別師靈——

別師靈本身即為一件遺存寶器，具備可以暫時封存雷龍庇佑的特性。天帝家就是把它設置在結界中，才能困住投刀塚。

然而，只要由投刀塚本人手握別師靈，搭配刀中封藏的力量，反而可以增幅雷龍的庇佑。說來也算投刀塚的王牌。

不過，投刀塚很少將別師靈帶到外頭。

別師靈刃長超過兩公尺，要攜帶實在太過礙手，這是理由之一。

另一個理由則是投刀塚覺得沒必要。就算不仰賴遺存寶器，他的力量也夠強大了。

然而，現在投刀塚卻把別師靈當護身符捧在胸前，用陰沉的眼神瞪著虛空。

「我好沒力，華那芽。一切的一切都讓我感到沒力。」

華那芽端來的餐點被投刀塚粗魯地徒手抓到嘴裡。然後，他還用染血的繃帶擦起弄髒的手。

理應是不死之軀的他肉體受創，到現在仍血流不止。

側腹被鳴澤珠依挖掉一整塊肉的傷。

那道傷並不是沒有痊癒。不死者的肉體痊癒力趕不上傷口蔓延的速度。絕對無法癒合的深深傷口，宛如惡質的詛咒。

「我的傷！傷口好痛！開什麼玩笑，鳴澤珠依！敢對我玩這種把戲！」

投刀塚像發癲的小孩一樣大鬧，踹翻了飯吃到一半的餐具。

華那芽望著投刀塚那副模樣，默默地抿脣。

龍因子匱乏。這就是導致投刀塚傷重不癒的原因。

鳴澤珠依會陷入長期死眠，是因為大量喪失地龍的龍因子。她將數量龐大的龍因子灌入八尋體內，而那些都被儘奈彩葉的淨化之焰焚滅了。結果，其影響就回流到了身為龍之巫女的珠依身上。

為了補足自己所缺，鳴澤珠依奪走了投刀塚的龍因子。

她刻在投刀塚身上的傷痕，至今仍像詛咒一樣從投刀塚身上不停奪走龍氣。這就是投刀塚痛苦及耗弱的原因。要逃離這種痛苦，他只能殺了身為詛咒元凶的鳴澤珠依。

為了逃離肉體的苦痛——或者為了一雪敗北的屈辱，要再次挑戰對方。

這本身應該是理所當然的想法。

然而，這項事實讓華那芽感到困惑。

因為那並非最強不死者會有的舉動。

假如並非率性而為、想法善變、宛如災害一樣看見誰就攻擊；而是為了自己的利益才想殺害他人——那就不能算怪物了。

那只是「凡人」會有的舉動。

「我們走，華那芽。待在這種地方也沒有意義。」

投刀塚按住鮮血滴淌的側腹，把直刀當拐杖拄著站起身。

「好的……」

華那芽跟在他背後，對從未體會過的情緒感到疑惑。

特別的存在，雷龍巫女。

她會覺得自己是特別的存在，是因為迦樓羅如此認同。

再加上自己的不死者投刀塚具備最強實力。

可是，華那芽在心中自問。

最強的稱號一旦動搖——自己到底該相信什麼才好？

## 2

發現八尋等人回到駐紮地以後，最先跑出來的是跟彩葉情同家人的小朋友們。

「啊，八尋回來了！」

「是儘奈姊耶！」

「彩葉姊姊！歡迎回來！」

「京太！希理！穗香！大家都平安嗎？」

年幼組的弟妹一邊叫著一邊趕來，彩葉便把他們全擁到懷裡。

被藝廊遠東分部壓制的京都車站前，表面上一直保有安穩。珠依等人引發的魍獸化現象目前似乎並未影響到這塊駐紮地。

「不要緊喔。因為有善哥哥他們保護大家。」

在孩子們中屬於年長組的蓮用害羞的口吻回答彩葉。

「……善？你們說的是相樂善嗎？」

「對啊。你看那邊。」

八尋感到驚訝，凜花就指了車站的方向。

有一對穿著高中制服的日本少年與少女混在藝廊的戰鬥員當中一起用餐。是相樂善與清瀧澄華。

澄華注意到八尋他們，便拿著烤肉串大動作地揮了揮手。

「歡迎回來，八尋！彩葉！」

澄華跑著過來使得短裙翻飛，露出滿面笑容。

「欸欸欸，聽說你們是去見天帝家的公主？有見到嗎？她是什麼樣的人？」

「見到了喔。她是個漂亮的人，非常漂亮……」

彩葉落寞地微笑著點點頭。

光看這樣的反應，澄華似乎就發現彩葉情緒消沉。她默默地摟住彩葉，像在安慰年幼孩童，溫柔地輕撫她的背。

「相樂，你們倆怎麼會在這裡？」

八尋問了晚一步靠過來的善。

語氣會顯得疑心，某方面來講應該算不可抗力。八尋不覺得善與澄華事到如今還會變成敵人，但他們跟藝廊戰鬥員熟到一塊用餐，難免讓人感到不對勁。

「之前我們受僱於珞瑟塔．比利士，要幫忙搶回鳴澤珠依。由於有可能與遺存寶器相合者交戰，她就找了我們當帕歐菈．雷森德的護衛。」

或許是知道自己在現場的確有點奇怪，善回話時感覺並沒有壞了心情。

這樣的答覆讓八尋表情嚴肅。

「你見到投刀塚了嗎？」

「對。危險程度正如傳聞的人物。」

善厭煩地嘆氣，然後露出嚴肅的表情壓低聲音。

「但是，那樣的投刀塚卻被鳴澤珠依一舉驅離了，靠著怪物般的力量。」

「怪物……？」

「對。坦白說，鳴澤八尋，我會怕鳴澤珠依。雖然對你這個當哥哥的過意不去，沒能在可以殺她時先下手，我現在後悔了。」

「……你說得對。」

八尋率直地對善的意見表示贊同。

若趁著珠依陷入昏睡狀態時，要殺她是很容易的。八尋他們曾有足夠的機會殺她。

「不過，就算認真想殺她，是否能實際殺掉倒也難說。」

善自嘲般嘀咕並吐氣。

他這些話讓八尋心生動搖。雖然聽說了投刀塚被擊退的消息，珠依的力量似乎已經危險得足以讓善如此置評。

「你們知道珠依的去向嗎？」

八尋拋開恐懼反問。

回答問題的人是澄華。

「珞瑟她們好像正在查。照我看呢，查起來很費力喔。你想嘛，畢竟全日本到處都有魍獸出現作亂，根本沒空管這件事。」

「全日本……？難道說，魍獸化不是只發生在京都周圍？」

八尋挑起眉追問澄華。

被八尋節節逼近，澄華露出有些不敢領教的表情點頭說：

「咦？對啊。我是沒有直接確認過，不過珞瑟她們都是那麼說的。神戶以及橫須賀一帶的軍事基地好像也發生了滿大的騷動。」

「全日本……到處都有，是嗎……希望災情只有如此……」

站在裝甲車後面的雅聽見八尋他們交談，不禁微微失笑。

善察覺到雅的存在，就用充滿敵意的目光瞪向她。

「妳這是什麼意思，舞坂雅？事到如今，妳還來這裡做什麼？」

「欸……等一下，相樂先生，雅小姐不是敵人。澄華，妳也幫忙阻止他。」

彩葉看見善把手伸向背後的劍，連忙出面袒護雅。

「即使要我們住手，我們原本就是在追這個人耶……」

澄華不滿地噘起嘴脣。

對善與澄華來說，雅顯然是隨意利用過自己的敵人。就算現在聲稱她不是敵人，他們應該也沒那麼容易釋懷。

然而，雅露出了從容的表情，把善他們的殺氣當成耳邊風。

「就算你們毫無提防，我也不會再對龍與寶器出手喔。因為不用那麼做，我也已經實現心願了。」

「妳實現心願了？」

善看似意外地停下動作。

雅靜靜地點頭，然後自嘲般聳聳肩。

「我想將真相轉達給世界，不過，這個虛構的冥界（世界）根本沒有真相存在。這也是一種真相呢。」

「妳說這個世界是虛構的？這到底是什麼意思？」

善露出困惑的表情瞪向雅。回望他的雅顯得有幾分愉悅。

「這個世界是囚禁亡者的黃泉之國，純屬龍骸系統秀出的幻境。」

「妳想說，我們都是在幻境中生活嗎？荒謬……！」

「清瀧澄華，身為龍之巫女的妳都沒有想起什麼記憶嗎？顯示我們早已死了的記憶。」

「不會吧……騙人……那……不過是一場夢……」

「澄華……？」

被雅注視的澄華聲音顫抖並搖起頭，善見狀便陷入困惑。

「鳴澤八尋！還有儘奈彩葉，你們都無所謂嗎？難道說，連你們都信了這種異想天開的說詞？竟然說這個世界的人類全是亡者——」

「反了啦，相樂，是我們得承認才行。尤其是我們這種好幾次險些沒命，都還能復活的不死者。」

「這……！」

被八尋淡然指正，想反駁的善便語塞了。

正因為體驗過好幾次死亡，八尋接納了自己是亡者的事實。

沒有不接納的道理。這對善來說也一樣。

位於這個冥界的人類全都已經死了。人人都忘了這一點，還表現得有如生者，活在這箇直像現實世界一樣累積歷史至今的幻想沙盒。

正因如此，不死者無論喪命多少次都能復生。

並不是八尋他們與眾不同，單純因為他們就是被賦予了這種角色的人偶。

「既然如此，我們一直以來做的算什麼……我們都是在自相殘殺的死人嗎……！」

善茫然問道。當然，沒有人能回答他的問題。那是在場眾人從最初就心知肚明，卻又太過殘忍的事實。

不過，只有雅溫柔地告訴善：

「即使這個世界滿是虛假，人們活在這裡的記憶與情感依然是真實的喔。所以說，接下來我要做自己的工作。」

「妳的……工作？」

「將真相轉達給世界。無關乎龍之巫女，這是舞坂雅身為人類的工作。」

話說完，雅拿出了自己的手機。

即使日本國內的通訊建設現已蕩然無存，利用低軌道衛星的網路連線還是有作用。就算沒有大型播放設備，用一支手機也能將影像傳給全世界。

「剛才說的那些，妳該不會打算散播到全世界吧？會引起恐慌耶！」

「先不說恐慌，應該沒人會信吧……」

善責怪般對雅吼道，澄華則冷靜地吐槽。

有個意想不到的人否定了他們倆說的話。

「不，將這項情報擴散出去，或許具有格外重要的意義。就現狀而言。」

湊過來迎接八尋一行人的珞瑟以若有深意的態度加入對話。

「那是什麼意思，珞瑟？」

「要看嗎？這似乎是曼哈頓當下的景象。」

八尋冒出不祥的預感而板起臉，珞瑟就把平板電腦遞到他面前。

平板上顯示的是衛星播送的新聞頻道。來自紐約市區的影像正於網路上即時轉播。

然而，拍攝到的景象與八尋想像中全然不同。

尖叫與槍聲；起火冒出黑煙的建築物；被破壞的轎車；還有逃竄的群眾。

攻擊他們的是自然界不可能會有的大群異形怪物。

魍獸。

「怎麼搞的，這……妳說這是紐約的影像？」

八尋感到難以置信地搖頭。

魍獸出現在日本國外了。假如這不是造假的影像，代表紐約市民正受到魍獸侵襲，猶如四年前的日本。

「冥界門怎麼會出現在美國……」

善錯愕地自問。

新聞頻道的影像拍到了在紐約知名的第五大道上出現的漆黑豎坑。

散發著詭異瘴氣，還有眾多魍獸從中爬出的那座豎坑，無疑與八尋等人認識的冥界門相同。

「不只美國。中南美與加拿大自不用說，亞洲、大洋洲、中近東、非洲、歐洲……其餘世界上的主要都市也都發生了類似的騷動。雖然出現的冥界門規模尚小，之後規模與數量應該都會逐漸擴增。」

「世界規模的殺戮……不，來到這一步已經是大滅絕了。」

聽完珞瑟說明，雅嘀咕了一句。

在四年前大殺戮滅絕的只有日本人。光是如此就讓世界經濟遭受到嚴重打擊，復興理應花了好幾年。假如同等的破壞以世界規模發生，甚至會危及人類存續。

「這也是珠依搞的鬼嗎……」

「如果她真的與幽世連接上了，就算能引發世界規模的異變也沒什麼不可思議喔。不，恐怕連這波災害都只是開端而已。」

流露出焦躁的八尋驚呼，雅便向他揭開最壞的可能性。

重新聽到明確的說詞，感覺就只有絕望。

「珞瑟，珠依在什麼地方……？」

「仍未掌握到鳴澤珠依的下落。我們也有透過統合體的穩健派，請駐留日本的各國軍隊提供情報，目前卻毫無線索——」

珞瑟靜靜地搖頭。

八尋默默咬緊牙關。

珠依下落不明，就沒辦法抵達通往幽世的冥界門。這會讓迦樓羅賭命託付給彩葉的神器變得白費。

但要是借助藝廊及統合體之力也找不到線索，便無望追上珠依。

畢竟在現今的日本，理應沒有人具備比他們更強的情報網——

「呵呵呵，你似乎大傷腦筋啊，八尋。」

受到無力感重挫的八尋會反射性擺出架勢，是因為聽見了懷念的聲音。

在藝廊戰鬥員警備的駐紮地，混進了一名氣質不搭調的男子。經由茱麗領路，出現於現場的是個穿著華麗花襯衫的白髮老人。

「什……」

八尋的喉嚨隨之緊繃，連珞瑟都詫異地微微瞠目。

不過老人臉上並無敵意，只是泰然笑著。

「想要情報的話，我倒可以賣你。只不過，價碼會算得貴一些。」

老人露出白牙咧嘴一笑。

「你為什麼會在這裡……？艾德！」

八尋總算從震驚中振作，就不顧體面地大聲叫了出來。

# 3

「你叫他……艾德？鳴澤，你認識這位老人？」

善側眼望向動搖的八尋，並納悶地瞇起眼睛。

「對啊，這個老爺爺是情報商。他叫艾德華．瓦倫傑勒，是個守財奴。」

八尋深深嘆息。

艾德是在舊松戶市郊經營小雜貨店的古怪老人。

他熟知駐留於日本的多國籍軍隊及民營軍事企業內情，還四處流通情報謀取蠅利。比利士藝廊也是他眾多客戶之一。

為了尋找行蹤不明的珠依，八尋曾經跟艾德接觸，代價則是被艾德硬塞各種工作。諸如在危險地帶二十三區當嚮導，或者回收廢墟裡殘留的美術品，盡是些吃力不討好的差事。

那並不算白費力氣。八尋能與彩葉及比利士藝廊相遇，也是拜他斡旋的工作所賜。在這層意義上，艾德也算是八尋的恩人。

不過八尋無意坦率表示感謝。他接過與詐欺無異的委託，報酬也曾經遭到揩油——總之，艾德這個男人沒給八尋留下什麼好印象。

可是，善聽過八尋的說明，卻嚴肅地予以否定。

「不對。」

「啥？」

「你弄錯了，鳴澤。這位老人的名字不叫艾德華・瓦倫傑勒。」

善用僵硬的語氣說道。

他那散發緊張感的態度，讓八尋感到強烈疑惑。

「你在說什麼，相樂？這傢伙不是艾德的話，那他究竟是誰？」

「亞佛列德・薩拉斯——」

回答八尋疑問的人並不是善，而是雅。

她的聲音也流露著對艾德的畏懼，還有近似敵意的警戒感。

「在以往的戰爭銷售炸彈，累積了萬貫財富的死亡商人，身兼薩拉斯財團的統帥，以及歐洲重力子研究機構CERG的理事會議長。姬川丹奈的雇主，而且也是統合體的最大派系中立派的指導者。」

「妳說……艾德是統合體的指導者……」

八尋茫然望著雅，然後又將視線轉向艾德。

老人沒有反駁，還用惡童使壞得逞般的眼神回望八尋。

「珞瑟，妳們也知道這個老頭的真實身分嗎……？」

「……不。儘管著實讓人不愉快，我們也是初次耳聞。從他的情蒐能力，我倒是早就料到背後有強大的組織——」

珞瑟用平淡語氣說道，平常不顯露情緒的她難得聲音明確流露出焦躁之意。茱麗也默默聳了聳肩。這對雙胞胎完全被蒙在鼓裡，對八尋來說也是首次見識的狀況。

「沒什麼好惱火的。過去我不也幫了你們好幾次？」

艾德開口便賣起人情，八尋不爽地皺起臉。

「幫我？你只是在利用我吧……！」

「哎，也可以這麼說。然後呢，你打算怎麼辦？要買情報嗎，還是不買？」

「你真的知道珠依的下落？」

「當然知道。畢竟把草薙劍交給那女孩的就是我。」

艾德毫不慚愧地公然坦承。

「你幹了什麼好事……！」

「慢著，鳴澤！冷靜下來！」

八尋忍不住想揪住艾德，善連忙把他架住。

「這之中當然是有理由的吧，薩拉斯老爺子。」

珞瑟挾著冷冷的口氣瞪向老人。

嗯——艾德摸了摸下巴的鬍鬚。

「說到理由固然有很多，不過如果說因為是龍之巫女的心願，光這樣沒辦法讓你們心服嗎？」

「龍之巫女……聽來並不是指鳴澤珠依。姬川丹奈嗎？」

「丹奈小姐的心願？那個人打算做什麼呢？」

彩葉跟澄華合力安撫與善扭在一起的八尋，同時向艾德問道。

艾德十分愉快似的回望彩葉說：

「問出來以後，你們要怎麼做？支持努力逐夢的那個女孩嗎？」

「別開玩笑了……！」

彩葉沉默後，八尋代她朝艾德發出怒吼。

「呵呵，我談這些可是再認真不過。通往新幽世的門已經被打開了，世界龍的圓環將會開始轉動，沒有人能阻止。問題只剩由誰來作新世界的夢。妳們身為龍之巫女，也都保有那樣的權利喔。」

艾德用試探般的眼神望向彩葉，接著把視線轉向澄華說：

「水龍巫女，舉例來說吧，若妳希望倒轉時光，將大殺戮發生後的這四年一筆勾銷也是可行的。朋友與家人都能復活，深惡痛絕的記憶亦可抹去。妳意下如何？」

「哈哈，那樣不錯耶。」

艾德宛如惡魔誘惑的說詞，讓澄華哈哈大笑。

儘管澄華平時都表現得很開朗，她在大殺戮後的生活絕不可能過得平穩，無法輕易談及的殘酷體驗應該也不在少數。

艾德用過去可以重新來過作為引誘，澄華便一笑置之。

「換成以前的我，或許就有點心動了。但是，那已經夠嘍。老是牽掛著以前怎麼做會更好，未免太矬了吧。我決定活在當下，而不是過去。畢竟善也稱讚過現在的我很漂亮——也說過他喜歡我。」

「哦……」

艾德訝異地冒出感嘆聲。看來澄華的回答讓他滿意。

艾德佩服似的點頭，並把視線轉向雅。然而在老人重複同樣的問題前，雅就厭煩地搖了頭。

「沒錯，我對創造世界也不感興趣。照自己方便扭曲過的現實，就不能稱為現實。我不認為那能打動任何人的心。與其那麼做，靜靜地看著世界毀滅還比較好。」

「原來如此。那麼，妳意下如何，火龍巫女？」

艾德壞心地笑著看向彩葉。

一瞬間，彩葉害怕般屏息。

「假如能重塑世界，妳有什麼期望？要讓妳的孩子們逃過大殺戮，跟真正的親手足在新世界幸福過活嗎？或者妳要讓他們成為新世界的支配者，過著王公貴族般的生活？不過妳在那個世界倒是沒有容身之處。」

「我……我希望的，是……」

彩葉垂下目光，軟弱地嘀咕。

身為龍之巫女的彩葉只要許願，就能孕育任何模樣的世界。

然而她自己在那個世界並沒有容身之處。因為獻祭巫女會受困於幽世，還必須持續向世界龍獻上心願。

「我不懂那些……因為我跟珠依或丹奈小姐不一樣。我根本不知道讓大家幸福要用什麼方法，根本無法決定什麼樣的世界才是最幸福的！」

「這樣嗎？那麼，妳們就沒有資格干擾丹奈他們。無論願望的內容是什麼，那女孩都用自己的意志做出了選擇。」

艾德失望似的吐氣。

澄華、雅跟彩葉都拒絕孕育新的世界。在這個時間點，她們便失去了抵達幽世的資格。

艾德應該不會再提到珠依等人的下落了。

即使目的有別於優西比亓那些強硬派，身為統合體一員的艾德仍希望創造新世界。如今能實現其心願的人，就只有姬川丹奈而已。然而——

「不，你錯了，艾德。」

「她的願望，由我來實現，所以跟我說珠依的下落。」

八尋摟住彩葉的肩膀，凶狠地微笑著說道。

「八尋……？」

彩葉驚訝地瞪圓眼睛。哦——艾德愉快般挑眉。

「茉麗、珞瑟，藝廊跟我訂的契約內容是要弒殺所有的龍，對吧？」

八尋問雙胞胎姊妹，她們倆便同時頷首。

「沒錯。為此我們會提供你與彩葉各種必須的支援。」

「那份契約，現在還有效嗎？」

「當然嘍。」

「那就這麼決定了。麻煩帶我到世界龍的所在處。」

「你打算將彩葉獻祭，然後創造新世界？」

珞瑟意外似的蹙眉，八尋就笑著搖頭。

「不，錯了，已經不需要新的龍之巫女。我會將世界龍……不，我會弒殺名為幽世的整個體制。」

「破壞世界龍的遺骸……是嗎？你說這話，可知道將帶來什麼樣的結果？」

艾德抹去笑容，瞪向八尋。

八尋用挑釁的眼神回瞪老人。

「知道啊。假如這個世界是世界龍孕育的幻境，或許一切都會消失不見。」

「若沒有下一個世代的龍之巫女，消失的世界可就無法重新構築喔。」

「沒錯。不會再有以誰為祭品孕育而出的世界。」

八尋看著明顯感到困惑的艾德，胸口一陣舒暢。自從跟這個老人認識，他首度有這種體驗。

「所謂世界龍，就是吞噬自己尾巴的龍吧。毀去舊的世界，然後孕育新世界。它會永遠反覆這一套過程——我要摧毀那個圓環(Loop)。」

「難道說，你要把世界從圓環中解放？你以為自己辦得到？」

「我一個人應該不行。不過，假如彩葉的心願是如此，不就有可能達成嗎？」

八尋毅然笑著斷言。

彩葉始終睜大的眼睛裡逐漸擴展出理解之色。

為什麼珠依等人光是抵達幽世，世界就會開始瓦解呢——那是因為世界龍正準備吞噬掉現在的世界——也就是自己。

八尋要弒殺的是世界龍帶來的連鎖自噬作用。

若能弒殺世界龍，只留下龍的屍骸，世界是不是就會停止瓦解呢？八尋單純地這麼想。

要弒殺足以籠罩世界的龍，正常來想是做不到的。

然而，假如彩葉的心願是如此，可能性就並非為零。

畢竟孕育出世界龍的正是獻祭巫女——過去的彩葉自己。

「呵……有意思。沒想到耍小聰明的那廝會養出這麼蠢的兒子。或許這才夠資格成為弒龍英雄啊。」

原本默默瞪著八尋的艾德揚起了嘴角賊笑。

「那廝？是嗎？原來你認識我老爸。」

「很遺憾，過去那廝想利用鳴澤珠依，我倒是沒能阻止他。」

老人用亦可解讀為後悔的語氣嘀咕，然後靜靜吐氣。

「鳴澤珠依去了這個國家最初的——同時也是最大的冥界門之中。姬川丹奈他們應該也跟在一旁。」

「……這個國家最初的冥界門？二十三區嗎！」

訝異之色擴展於八尋與彩葉的眼裡。

以過去的東京車站為中心拓展其領域，日本最大的冥界門——對八尋等人來說也是熟悉的老地方。珠依選了她最初創造的冥界門作為前往幽世的通路。

「為什麼你會告訴我們這個？情報的對價是什麼？」

茱麗用懷疑的眼神看向艾德。

艾德從喉嚨發出格格笑聲，然後當眾掀起襯衫露出了背。

銘刻在老人背上的是樣似刺青的翡翠色花紋。

「我活得太久了一點，這個世界讓我感到厭倦。畢竟人類的願望就算過了幾百年，也沒有那麼容易改變。」

「遺存寶器嗎……」

八尋茫然地吐氣。

銘刻在艾德背上的紋樣是龍因子結晶，跟尼森及絢穗一樣，是遺存寶器相合者的證明。聽說不死者固然不會死，但並非不會老。相合者應該也是。

就算如此，他們的壽命未必與常人相同。至少從艾德的口氣聽來，感覺他已經活了幾百年。艾德會希望世界消滅，或許這就是原因。

「但是，如果你們肯破壞世界的迴圈，過過那種無趣的日子感覺也不錯。八尋啊，我想見識你們親手改變的世界。」

「你一直到最後都是個自私自利的老頭耶，艾德。」

八尋露出吃不消的表情瞪了艾德。

艾德開心似的回望八尋，眼角擠出皺紋說：

「給你們一句忠告。假如你們要破壞世界龍，最後必然會跟丹奈廝殺。因為那廝的願望是非得將世界龍納入手裡才能達成的——」

艾德——亞佛列德．薩拉斯單方面把想說的話交代完以後，彷彿事情都已經了結，就這麼踏著蹣跚的腳步消失於夜晚的廢墟。

事到如今，八尋也無意留住對方，只是心情複雜地目送他離去的背影。

「——鳴澤珠依的下落，果然是在二十三區嗎？」

穿西裝的黑人男子朝杵在原地的八尋搭話。

依舊神出鬼沒的他手裡拿著款式陌生的通訊裝置，印刷在裝置背面的標誌則是艾德經營的古怪雜貨店名稱。

「尼森……原來是你把艾德叫來這裡的？」

「沒什麼好意外的吧。我本來可是統合體的情報員。」

尼森承受八尋譴責的視線，並且笑道。

統合體派來管理鳴澤珠依的人員，這就是尼森原本的定位。

把珠依交給比利士藝廊，還有與迦樓羅勾結，看似都是背叛統合體的行為，但尼森本人並不曾明言自己背叛了。

尼森始終都只有跟優西比兀那些統合體的強硬派敵對，應該沒有與薩拉斯麾下的主流派為敵。

「我還以為你是跟迦樓羅小姐一夥的。」

「我一直很尊敬她。遺憾。」

尼森閉上眼睛，像在悼念迦樓羅的死，嗓音並沒有說謊的調調。不過，他馬上就抬起臉，並且用一如平時的超然口吻繼續說：

「所以，你想怎麼做？要追鳴澤珠依嗎？」

「當然了。」

八尋立刻點頭，聲音裡卻有一絲迷惘。

從京都到二十三區，直線距離大約為三百七十公里，走陸路將超過四百五十公里。在交通建設已經毀壞的現今日本，這會是令人絕望的距離。

「搭乘搖光星馬不停蹄地趕路，大約六小時能到。考量到應付魍獸與中途需要停車切換轉轍器，大概得花幾天呢。」

茱麗似乎看穿了八尋的糾結，便提出自己的預估。

以裝甲列車來說，搖光星有引以為豪的破格巡航性能，但如果鐵路狀況並非萬全，它便無法充分發揮功效。實際上，八尋一行人從橫濱來到京都就花了七天。即使沒有跟中華聯邦軍發生衝突，算起來也花了三天以上。

「不能用藝廊的運輸直升機嗎？」

「有困難耶。畢竟魍獸在日本全國的活動都活化了。」

茱麗回答了八尋的疑問。

由於有遭受可飛行魍獸襲擊的風險，航空機在日本國內幾乎不能使用。

藝廊遠東分部保有的兩架傾轉旋翼機也只會用在魍獸出現率低的海上運輸。

不過有龍之巫女搭乘時就是例外，因為魍獸並不會襲擊龍之巫女。珠依及丹奈能這麼快移動到二十三區，應該也是因為利用了空路。

然而——

「現在狀況不同了。據說連魍獸理應不會出現的海上，也有數量可觀的軍用航空機遭到擊落。就算有彩葉的力量，也無法斷言能免於受魍獸攻擊。最糟的情況下，駕駛員也有可能出現魍獸化症狀。」

被珞瑟有條有理地勸阻，八尋只好退讓。

藝廊遠東分部的人都注射過用彩葉的血液製作的血清。就算沒有那些血清，因為他們都知道魍獸的真面目，對龍與魍獸的恐懼相對淡薄。

即使如此，幽世的影響力一旦變強，就無法斷言他們絕對不會魍獸化。珞瑟她們說不能用直升機的意見有其道理。

「搖光星完成補給了。我們立刻出發吧。」

路瑟語帶嘆息地說。

就算再怎麼曠日費時，既然沒有其他手段能抵達二十三區，八尋一行人也只能利用裝甲列車。

問題在於這樣要趕得及阻止丹奈她們竄改世界，可能性奇低無比。

「——等一下。關於前往二十三區的方式，我們的雇主表示有事想商量。」

八尋等人散發著絕望感，準備搭裝甲列車移動，結果被澄華連忙叫住。

「你們的雇主……是指諾亞運輸科技嗎，清瀧澄華？」

路瑟露出意外的表情回頭看向澄華。

沒錯沒錯——澄華點頭，並把自己的手機轉向八尋等人。顯示在畫面上的是個外貌剽悍得讓人聯想到海賊，膚色曬得頗黑的中年男子。

『嗨，好久不見，比利士姊妹，妳倆還是一樣標緻。胸部有沒有發育得大一點？』

男子用足以讓手機顫動的大音量朝路瑟她們喚道。

「有什麼事，諾耶·安東基烏斯·基歐尼斯？我們現在可沒空奉陪你那低級的玩笑。」

路瑟將不悅的視線轉向男子。大概是因為同屬統合體的成員，路瑟她們似乎與對方見過面。

『哎呀，別擺那副恐怖的臉，路瑟塔。我有好事要告訴你們藝廊的人，拿帕歐菈的聯絡方式來交換吧？』

「……老闆，我覺得現在不是瞎鬧的時候耶。」

善似乎對諾耶不正經的態度看不過去，就開口規勸。

哎呀——諾耶則傻眼似的大嘆：

『善，你還是這麼死板，腦袋僵化成這樣都可以跟我的小老弟比硬啦。還有，不是每次都叫你別稱呼我老闆，要叫船長才對嗎？』

「知道了，船長。所以拜託你趕快進入正題。」

善受不了地嘆氣，催促諾耶繼續說下去。

諾耶故作無奈地搖頭說：

『算啦。我是不清楚詳情，不過，妳們急著想把那輛裝甲列車運到二十三區對吧？那樣的話，我們可以幫忙，畢竟藝廊是主顧嘛。』

「幫忙是什麼意思？」

珞瑟微微蹙眉。諾耶揚起嘴角。

『支援列車行駛，還有排除障礙物及那些魍獸。另外我會向各國軍方求援，讓他們也來協助你們移動怎麼樣？順利的話，能大幅縮短移動時間喔。如果這場世界規模的騷動可以就此平息，那還算便宜。』

「哦，聽來不錯耶。拜託你嘍。雖然沒辦法告訴你帕歐菈的聯絡方式，但我可以請她在派對上為你跳一支舞。」

『哈哈，那倒不賴。妳滿貼心的嘛，茱麗。』

茱麗立刻答應諾耶的提議，諾耶聽了便笑逐顏開。

八尋也知道成為善與澄華後盾的企業——諾亞運輸科技。

身為世界數一數二的海運公司，他們一手包辦了駐留於日本國內的各國軍隊、民營軍事企業的補給業務。

從諾亞運輸科技的觀點，這個世界瓦解也無法帶來任何利益，所以當然會認為協助八尋等人阻止丹奈她們的行動還比較像樣。

『交涉成立。等我三十分鐘就好，我得叫手下去準備。』

諾耶豪邁地笑著這麼宣告後，就單方面切斷了通話。

八尋等人懾於他的氣勢，默默地呆站了一陣子。

「好誇張的人喔，澄華你們上頭那個船長。」

彩葉笑容僵硬地說。澄華笑著點頭附和：

「是啊。不過別看船長那樣，他是個好人喔。雖然善老是被他戲弄。」

「我無所謂，重要的是趕快準備出發。就算有諾亞公司協助，時間依舊不夠——」

善語氣尷尬地說著，便準備朝京都車站的月台走去，卻驀地察覺到什麼而停下腳步。

幾乎同一時間，八尋也發現了。皮膚正劈啪帶電似的冒出刺痛感。

刺膚的強烈殺氣。纏繞龍氣的露骨惡意從黑暗中撲過來。

「幸好，總算追上你們了。」

與發散的威迫感呈對比，缺乏英氣的慵懶聲音傳來。

出現的是個瘦小青年。

隨意留長的灰色瀏海被雨打濕，沾在臉頰上。

青年肩上扛著一把出鞘的刀——刃長超過兩公尺的怪誕直刀。

「會不會冷漠了點啊？居然想擱下我們離開。」

「投刀塚透……！」

八尋與善立刻拿起了各自的武器備戰。

茱麗與珞瑟——還有比利士藝廊的戰鬥員都迅速散開，跟對方保持距離。大多數的戰鬥員應該都不認得投刀塚的長相，然而他們明白這個瘦小的青年是危險程度甚於任何魍獸的存在。

「要追鳴澤珠依的話，請讓我們也一道成行。」

跟隨投刀塚的褲裙少女彬彬有禮地鞠躬說道。

接著，她──鹿島華那芽將捧著的薙刀一轉，以殘酷的表情露出微笑。

「想拒絕也無妨，不過──到時我會在這裡斷送各位的性命。」

# 5

「投刀塚……事到如今，你找珠依要做什麼？」

八尋舉著刀，拉近與投刀塚之間的距離。

最強的不死者，投刀塚透。

他的神蝕能有多可怕，八尋實際體會過。廣域灑落的雷擊破壞力往往引人注意，但投刀塚的權能真正可怕之處在於速度。

投刀塚以名符其實的雷速出手的攻擊靠正常方式防無可防。話雖如此，要逃也逃不了。不死者以外的人類被他攻擊，一瞬間就會玩完。所以八尋只能上前應戰，以免自己以外的夥伴成為投刀塚動手的目標。

也不知道投刀塚是否了解八尋這樣的決心，他用悠哉的語氣向眾人說道：

「你們是鳴澤珠依的敵人吧。既然如此，沒什麼好擔心的啦。我只是要宰了她而已。」

「你要……殺珠依？」

「對啊。那女的出手攻擊了我，明明我們千辛萬苦要救她耶。爛透了。那我只好宰了她啦。」

「是你先攻擊帕歐菈小姐和其他人的吧……！」

投刀塚自說自話地編理由，使得八尋心懷絕望地瞪向他。

之前八尋就隱約察覺了，跟投刀塚講道理是講不通的。就算他敵視珠依，彼此還是不可能聯手。

「啊，對了。在這當中，有人接手保管了迦樓羅的遺存寶器嗎？」

投刀塚不以為意地忽視八尋的反駁，朝周圍看了一圈。

彩葉頓時肩膀發顫，投刀塚就帶著賊笑將視線轉向她。

「不好意思，妳能不能把東西還來？因為華那芽想要那個。」

投刀塚朝彩葉伸手，彩葉畏懼般節節後退。

尼森上前援助這樣的彩葉。

他不理蹙眉的投刀塚，冷冷地問華那芽：

「鹿島華那芽，妳為什麼會放投刀塚離開禁域？」

「是迦樓羅大人先捨棄我的——她背叛了我！更何況，她還把天帝家的神器賜給了來路不明的丫頭，這根本不能饒恕！」

華那芽用顫抖的聲音大吼，眼裡帶著沸騰的憎恨怒瞪彩葉。

「迦樓羅小姐已經認定鳴澤八尋是新的弒龍英雄。既然她把神器交給了儘奈彩葉，那就是天帝家的公意。」

「我不會認同那種事……！」

華那芽手裡的薙刀纏上青白色電光，表示她已經喪失冷靜到無自覺發動神蝕能的地步。

「聽到了吧，尼森。夠啦，你在這裡會礙事。」

投刀塚隨手揮下直刀。

長而寬的刀身釋出雷擊，尼森便用無形屏障接招。

霎時間，伴隨著玻璃破碎般的響亮聲音，尼森的屏障碎散了。爆發性的衝擊撼動廢墟樓群，更將他高大的身軀震退。

八尋表情錯愕地看著那一幕。

以往尼森的斥力屏障都能發揮鐵壁般的傲人防禦力，而投刀塚一刀就將他打發，神蝕能破壞力令人難以置信。

「鳴澤，你保護儘奈彩葉和小朋友！投刀塚透由我來打倒！」

投刀塚攻擊尼森以後，善隨即跟著發動了神蝕能。

液化的純白大氣洪流猶如長槍，朝投刀塚飛射而去。

「打倒我？欸，這是在搞笑嗎？你根本不是我的對手啦！」

投刀塚迎面接下善的攻勢。高電壓形成的衝擊波將極低溫水流彈開，還沿著濕漉地面朝善來襲。

「什麼！」

善展開冰牆想防禦投刀塚反擊，卻在水氣蒸騰間被對方斬斷。

耀眼的閃光將夜空染白。投刀塚手裡舉著全長達十幾公尺的光刃。雷光本身化為巨大的刀刃，被投刀塚握於右手。

「善！」

全身冒出白煙的善跪倒在地，澄華便不顧危險地趕了過去。

光是投刀塚攻擊的餘波就讓善全身燒得潰爛。假如善並非不死者，應該免不了當場斃命。驚人的攻擊力連用血鎧防禦都能輕易貫穿。

「那傢伙的神蝕能，究竟是怎麼搞的……！」

八尋感到戰慄而驚呼。

神蝕能本來就是違反常識的力量，然而正因為同是不死者，八尋更明白投刀塚用的權能有多異常。

投刀塚在攻擊裡灌注的龍氣，每一擊都能匹敵先前龍人化的八尋以及山瀨道慈的力量。

照理說，就算投刀塚是強大的不死者，也不可能持續動用這樣的神蝕能而不付出任何代價。

「別師靈嗎……」

從瓦礫當中站起來的尼森粗魯地擦去濡濕臉頰的鮮血，一邊嘀咕。

八尋回過頭看向尼森。

「別師靈？你說的是那把刀的名稱？」

「那是鹿島家傳下的遺存寶器，能將雷龍庇佑發揮至極限的觸媒。四年前大殺戮剛發生，統合體派出了獨立混成旅團想壓制天帝家，就被投刀塚透用那把劍殲滅了，在短短兩小時之內。」

統合體之所以無法對天帝家出手，那就是理由——尼森說道。

投刀塚再次揮下雷光之刃。

比利士藝廊停在駐紮地的裝甲車像奶油一樣被熔斷，並且陸續爆炸。來不及逃亡的戰鬥員連慘叫都無法發出就葬身火海，單方面的蹂躪已經連戰鬥都稱不上。

當然，藝廊的戰鬥員們並沒有任其宰割，遙控的無人槍塔朝投刀塚灑出彈雨。

但是那些機槍彈還沒觸及投刀塚，軌道就扭曲偏向了。

環繞投刀塚的強大電磁場對彈道造成了干涉。

「怪物……！」

善再次把液化的大氣當成銳利長槍射出。

下不停的雨打濕市區，這對操控水分子的善來說是壓倒性有利的戰場。投刀塚卻對善的攻勢不以為意，覆蓋他全身的冰變成蒸氣，輕易消滅了。

「靠電磁波(Microwave)讓水分子沸騰嗎……！」

善想操控水分子，就被投刀塚以強大電磁波干涉而受到妨礙。

手握別師靈的投刀塚龍氣具壓倒性，光是隨手揮刀，善的身體便逐漸受創。

「配合我，相樂！」

「鳴澤八尋？」

八尋抓準投刀塚剛把刀揮下的破綻，衝到對方懷裡。那是透過爆焰讓自己加速的捨身奇襲。

八尋將淨化之焰纏繞於身，強行斬斷投刀塚的雷擊。

善沒有放過這個好機會，也跟著揮劍砍向投刀塚。

「——【焰】！」

「【蒸氣雲(Vapor Cloud)】！」

八尋與善臨場配合，雙方都使出決意波及彼此的自爆攻擊。

廣範圍擴散的淨化之焰還有高達攝氏幾百度的水蒸氣，完全斷絕投刀塚的退路。

然而，投刀塚連八尋他們那樣的攻勢都躲開了。雷光環身的高速移動。原理與磁浮馬達相同的飛快加速，讓他的肉體瞬間移動至安全地帶。

「怎麼可能……！他躲開了剛才那招？」

善理解到自己的攻擊無疾而終，絕望便在臉上蔓延開來。

八尋同樣受到震撼。兩人合力使出捨身攻勢也不管用，那就不知道該怎麼打倒對方了。

「這樣就玩完啦？那麼，已經夠了吧？反正我開始覺得膩了。」

投刀塚高高舉起了刀。

聲勢比先前更加驚人的雷光朝天而去。他打算在藝廊駐紮地降下全面的轟雷。

八尋與善為防阻而使出的攻擊都被投刀塚的雷擊輕易蓋過。

籠罩上空的雷雲撼動大氣，帶電的空氣劈啪震顫。

因此，在場所有人都沒有察覺。

畢竟那聲響實在太微小，感覺不值一提——

「咦？」

發出嘀咕的人是華那芽。

她的胸口開出了一個孔，狀似汗漬的小孔。

從孔中噴出的鮮血隨即將她的胸口染得通紅。

威力遠不及投刀塚的神蝕能，只有區區幾克重的手槍彈，射穿了華那芽的心臟。

「華那芽……？」

察覺狀況有異的投刀塚低聲說了。

但是，槍聲在那之前再度響起，第二發子彈穿透了華那芽的臉。

射出子彈的人是珞瑟。她舉起的手槍冒出一絲硝煙。

「不會吧……這算什麼？你們，為什麼會……對華那芽開槍……」

投刀塚用錯愕的表情看向珞瑟。

華那芽身為龍之巫女，原本不可能這麼輕易被開槍擊中。

因為有最強的不死者投刀塚保護她。

但是，投刀塚為了逃過八尋與善的捨身攻勢，以雷光般的速度移位了。

那一瞬間，華那芽變得完全沒有防備。八尋他們的攻擊沒能傷到投刀塚，但是那並沒有白費。

「還問為什麼，你說這話可真有趣耶，不死者。」

現場傳出茱麗感到傻眼般的聲音。

心生動搖的投刀塚停下動作，磨得銳利的鋼索便纏住他的全身。

就算再生能力不如不死者，龍之巫女也不會輕易死去。位於她們體內的龍因子會強迫宿主存活。

然而華那芽負傷，讓投刀塚的意識產生了空白。

最強不死者露出了短瞬破綻——茱麗不會放過。

「當你提到殺這個字眼時，就算自己被殺也怨不得人喔。對吧，絢穗？」

「是、是的！」

茱麗對背後的佐生絢穗打了信號，絢穗便握緊胸口的匕首。

投刀塚憑本能感受到危險，立刻想從現場逃脫。

然而他沒辦法發動雷速移位。茱麗的鋼索纏住全身，封鎖住了他的行動。而且——

「【劍山刀樹】！」

絢穗將匕首插入地面。霎時間，金屬結晶利刃從投刀塚腳邊冒出，化成無數尖針貫穿他的全身。

# 6

「絢穗……！」

絢穗癱倒在地上，彩葉連忙跑向她。

大口換氣的絢穗肩膀不停起伏，臉色蒼白地發抖。

雖說是奇襲，原本與戰鬥徹底無緣的少女仍對號稱最強的不死者發動了攻擊，她不可能保持冷靜。

投刀塚讓八尋他們束手無策，使出決定性一擊對他重轟的人卻是絢穗。投刀塚全身被無數利刃穿透，無法動彈。

他身懷的雷能全都透過金屬結晶利刃導入地面。就算他想強行扯斷被利刃貫穿的肉體，藉此逃離【劍山刀樹】的攻擊範圍，絢穗的攻擊也不會停止。從地面另行長出了新的利刃，再次將投刀塚固定在原地。

「唔啊啊啊啊啊啊啊啊啊……！」

投刀塚發出了怒吼。

絢穗嚇得肩膀發抖，彩葉與她的弟妹們拚命抱穩絢穗。

與絢穗相合的遺存寶器是受山龍庇佑的不死者——神喜多天羽留下的。

奪走天羽性命的不是別人，正是投刀塚與華那芽。

此刻，將投刀塚逼到絕境的卻是天羽的神蝕能——【劍山刀樹】。

投刀塚與華那芽並不知道絢穗成了遺存寶器的相合者。

茉麗與珞瑟應該是從中找出了勝算。她們事先將作戰內容告訴絢穗，以備投刀塚再次來襲的這一刻。

「別開玩笑！我怎麼可能，輸給你們這種……！混帳啊——！」

投刀塚一邊嘔血，一邊發出咆哮。

雷之權能遭到封鎖，投刀塚除了痛苦掙扎以外什麼也不能做。他只是用憤怒與憎恨交雜的臉睥睨四周。

就算這樣，投刀塚還是死不了。

不死者的再生能力不容他死去。

痛覺不會麻痺，也無法放開意識。只要絢穗的神蝕能仍有作用，他就會一直嘗到痛苦。

「八尋……」

「嗯，我明白。」

彩葉含淚凝望八尋，八尋沉重地點了頭。

要給予不死者投刀塚名為死亡的救贖，只有火龍的神蝕能——淨化之焰辦得到。將投刀塚體內的龍因子燒得一點不留。想讓他從痛苦解脫別無他法。

但只要有個閃失，難保不會變成協助投刀塚脫離劍山刀樹的束縛。

要攻擊他的話，就必須做出以壓倒性高火力徹底將其焚滅的覺悟。

「我可以動手吧，茱麗，珞瑟。」

「是啊，總不能讓他一直保持這樣。」

「交給你了。只是要記得別手下留情——」

茱麗與珞瑟以各自的說詞對八尋發出許可。

「住……住手……！快、快救我，華那芽！華那芽！唔哇啊啊啊啊啊啊啊啊啊！」

投刀塚發現八尋舉起九曜真鋼，便恐懼得臉孔扭曲。

以往一直用壓倒性力量蹂躪別人的他——號稱最強的不死者，正畏懼自己的死期逼近。

隨後，被射穿頭顱而倒下的華那芽做出了一絲掙扎。

「啊……」

仰身倒地且沾滿血跡的少女淌著鮮血，幽幽地起身。

珞瑟察覺狀況有異，便迅速以手槍射擊。

幾乎於一瞬間，五發以上的子彈被精確地射向華那芽的身體。

華那芽無意閃避。

子彈確實貫穿她的肉體，鑿進心臟。她卻沒有發出慘叫。

濺出的鮮血放出光芒，轉變成青白色雷電。

她那身殘破的和服底下露出了覆有半透明鱗片的肌膚。

「啊……啊啊……啊啊啊啊啊啊啊啊啊啊啊啊！」

華那芽口中冒出了非人怪物的聲音。

龍嘯聲。龐大龍氣發散流瀉，將絢穗以神蝕能造出的金屬結晶利刃粉碎。

「她竟然龍人化了……！」

驚愕得皺起臉的善舉起劍。液化的大氣化為極低溫長槍，他反射性地射向華那芽。

龍人化的華那芽全身泛白結凍，握著薙刀的左手碎了。

即使如此，華那芽仍平靜地走著。投刀塚就在她走去的方向。

「可惡……居然在這種時候……！」

伴隨煙霧加速的八尋以焰刃劈向投刀塚。

九曜真鋼的刀身輕易貫穿投刀塚的心臟，以烈火包裹他的全身。

投刀塚受創的肉體急遽碳化，逐漸崩解。

能直接拚過這一關嗎？八尋懷著禱告般的心境自問，然而——

「天空……！」

彩葉的驚呼傳到八尋耳裡。

籠罩夜空的烏雲像巨大龍捲風一樣產生氣旋，發出光芒。

隨後，侵襲地表的是彷彿要轟散世界的震天落雷。

「嘎……啊……！」

雷光染白視野，零距離遭受衝擊的八尋如落葉般被颳飛了。

烙進網膜的閃光，還有足以震破鼓膜的巨響。一時間，沒人能理解發生了什麼。

全身血液沸騰，所有血管都已破裂。傷勢慘重，憑不死者的再生能力也無法立刻站起。

善同樣受到了打擊。八尋與他所站的位置——半徑十公尺左右的地面都遭到轟穿，高溫與高壓導致沙粒玻璃化。以神蝕能而言仍屬驚人的熱能。

藝廊的裝甲車引發連鎖爆炸，車站周圍的建築起火燃燒。

狀似巨蛇的雷電拔地而起，將觸及的一切毀壞殆盡。

假如沒有尼森與絢穗用遺存寶器的權能防禦，剛才那一擊應該已經讓藝廊的駐紮地覆滅了。

帶來這般驚人破壞景象的是龍。

霆光環身的金龍盤旋於八尋等人頭頂。

龍軀源自華那芽的肉體——瀕死的華那芽以自身為祭品，讓雷龍「特利斯提帝亞」現世了。

「她吃了……投刀塚嗎……？」

八尋仰望籠罩市區上空的巨龍身軀，並且驚呼。

雷龍全長恐怕有四五十公尺。相較於之前的山龍，感覺體型小多了。可是，金龍隨機灑落轟雷，其攻擊範圍與凶惡度肯定等同或更勝於山龍。

而且，黃金巨龍以下顎叼著的，是被八尋用烈焰焚燒，瀕臨死亡的投刀塚。

投刀塚的慘叫混在持續作響的雷鳴聲中，迴盪於四周。

不容許接受自己庇佑的不死者敗北──雷龍彷彿正如此訴說，毫不留情地以獠牙撕開投刀塚的身體，將其咬碎。

能殺害不死者的是「誓約」──英雄的「誓約」會在被打破的那一刻變為「詛咒」。

喪失身為最強的絕對信賴時，投刀塚便失去雷龍庇佑，被剝奪不死者之力。

「鹿島華那芽……到達四象境界了啊……但是，在這種狀況下……」

尼森仰望於上空逶迤的黃金巨龍，冷靜地嘀咕。

雷龍將投刀塚咀嚼完以後，巨軀仍挾著狂暴的龍氣顯現於空中。

但是，有東西正從龍的黃金色身軀不停剝落飄散。

是鱗片。

仔細一看，雷龍已經沒有左前腿，右眼也失明了，全身更不停流出帶有電光的鮮血。

目前的雷龍恐怕並無自我。

瀕死狀態的華那芽勉強龍化，現世的就只有龐大力量。

而且那頭龍的肉體還有存在的基底都在逐漸崩潰。既沒有該達成的使命，也沒有活下去的目的。單純無謂地現世的力量聚合體——雷龍當下的樣貌正是如此。

假如就這麼失去龍的形體，雷龍內含的龐大能量應該會無差別地解放。

那樣的話，恐怕這一帶都無法倖免於難。至少京都市內全域——或者在最糟的情況下，半徑數十公里內的一切都將被焚燒殆盡。

「彩葉，把力量借我。」

「嗯。由我們來阻止。」

彩葉聽到八尋的呼喚，微微點頭。不需要多餘的話語。

彼此都明白該做什麼。現在不除去雷龍，他們就不能追上珠依並阻止世界瓦解。

彩葉用祈禱的姿勢，將雙手疊在八尋的左臂上。

八尋感受著從她那裡流入的龍氣，也祈禱似的舉刀。

八尋他們身上捲起了火焰，朝著飛舞於頭頂的雷龍放射而去。

彷彿要逃離那道火焰，黃金巨龍扭動身軀。

灑落的雷電襲向八尋他們，捲起的火焰將其吞沒。

火龍的權能是淨化之焰，可以抵銷其他龍的神蝕能。要拯救地表免於受雷龍崩解波及，就只能賭在這種力量上了。將黃金巨龍內含的龐大龍氣燒盡，並且趕在它墜落地表前將其消滅。

問題在於，八尋他們是否能燒盡華那芽龍化後的龐大龍氣。

「這下不妙了。」

尼森罕見地急得皺起臉嘀咕。

雷龍被淨化之焰焚燒，轟雷便隨著它痛苦的咆哮灑落。

尼森用斥力屏障承受轟雷的衝擊，再由絢穗造出金屬尖塔，以避雷針的原理將電流導入地面。但這樣的均衡恐怕無法撐太久，尼森他們只是盡可能在延緩力竭不支的定局逼近。

「動作快，鳴澤八尋！這裡支持不住了！」

「拜託你們，八尋！彩葉……！」

善與澄華造出巨大冰牆，保護了車站與鐵路設施。

不過他們也已接近極限。而且更接近極限的是華那芽——雷龍那邊。黃金巨龍全身冒出裂痕，飛濺的鮮血化為急雷落在地表。八尋他們釋出的淨化之焰沒辦法將那些盡數抵銷。

「咕……喔……」

八尋承受不住雷龍攻擊的壓力，終究是屈膝跪下了。

「不行……嗎……？」

彩葉口中冒出絕望之語。

黃金巨龍的輪廓瓦解，宛如白晝太陽的光輝染上夜空。

雷龍即將爆發──

當眾人這麼想的瞬間，有人輕柔地捧住跪著的八尋與彩葉的臉頰。

「瑠奈？妳怎麼會……！」

在那裡的，是個帶著白色魍獸的年幼少女。

彩葉的弟妹中最為年幼的瑠奈溫柔地對驚訝的彩葉喚道：

「儘奈姊姊。」

瑠奈全身被淡淡的光芒包裹。

近似和煦春陽的溫柔光輝，純白的龍氣。

瑠奈看著就快要力竭的彩葉，眼神很是溫柔，簡直像慶幸女兒有所成長的母親。

「這些……還給妳。」

「瑠奈！」

原本包裹著年幼少女的白色光芒流入彩葉體內。

霎時間，八尋全身充滿了力量。

濃密得驚人的龍氣，以往感受到的無法與之相比。

八尋緊握的打刀刀身被純白火焰包裹。

模樣近似投刀塚使用的別韴靈。然而刀身的光輝以及當中蘊藏的龍氣密度，都是九曜真鋼遠勝。

差距在於龍之巫女灌輸的力量，而且八尋在觸及那股力量的瞬間就明白了。這才是彩葉——火龍真正的力量。

「——焚滅這一切，火龍！」

八尋揮下的光刃從飛舞於上空的雷龍巨軀一閃而過。

宛如蠟燭燃盡前的幽亮光芒，一瞬間包裹了黃金巨龍的全身。

就此終結。

沒有聲勢浩大的爆炸或衝擊。作為火龍權能的淨化之焰，在轉眼間將雷龍足以籠罩夜空的龍氣焚燒殆盡。

戰局落幕得太過乾脆，彩葉的弟妹們、善與澄華，還有藝廊的戰鬥員都茫然處在原地。

間隔一會，有些許鼓譟聲傳出，不久就變成了爆發性的歡呼。

眾人體認到自己活了下來，便不分彼此地互相擁抱，流淚慶幸。連一向擺臭臉的善都被澄華緊擁，因而困惑地紅著臉。

在這當下，只有八尋與彩葉仍未從動搖中恢復過來。

「瑠奈……妳到底是什麼人……？」

彩葉朝著眼前的年幼妹妹問道。

瑠奈將純白魍獸抱在懷裡，只是靜靜地凝望著彩葉。

# 第五幕 完結與開端

THE HOLLOW REGALIA

CHAPTER.5

## 1

比利士藝廊的裝甲列車正急馳於廢墟中殘留的鐵路。

將居住區及貨櫃等多餘的車廂切離之後，結果搖光星變成了六節車廂的精簡編制。

搖光星完整發揮了藉輕量化提升的加速性能，正以幾近離譜的車速一路朝著東京而去。

「哈哈哈！猛耶！這就是搖光星的真正實力！」

坐在車輛駕駛席的是喬許。他硬是從平常負責駕駛的戰鬥員手中搶走工作，享受著毫不停歇的高速行駛。

臉色蒼白地看著這幕光景的人，是列車長麥洛・歐帝斯。

「喂，你知道嗎，喬許！起碼要遵守速限！脫軌的話就得不償失了！」

「知道啦。麥洛大叔真愛操心！你們幾個也要抓牢喔！」

喬許一邊向駕駛席周圍的小朋友們搭話，一邊使勁握了主幹控制器。

彩葉的弟妹們貼著駕駛席車窗，純真無邪地嚷嚷著：「唔喔喔喔！」「棒耶。」「好快……」鐵路御宅族喬許看他們開心成那樣，也感到心滿意足。

話雖如此，由於列車是以瀕臨脫軌的魯莽速度不停趕路，乘坐感本身簡直糟透了，連身為不死者的八尋一放鬆都會暈車。

「哎呀～～……遠比來程快耶。光是有船長他們協助，居然就差這麼多……」

彩葉聽著弟妹們從傳聲管發出的聲音，悠哉地嘀咕。

諾亞運輸科技的諾耶．安東基烏斯．基歐尼斯履行了跟比利士藝廊的約定。他讓自家公司聘請的戰鬥員及員工，還有駐留日本的多國籍軍隊客戶總動員，替搖光星接手了排除路程中出現的魍獸，以及切換轉轍器的工作。

結果，搖光星便實現了比以往臥鋪特快車更快的高速巡航。抵達舊東京車站預估所需時間約為五小時，推算在黎明前就能到此行的目的地——二十三區巨大冥界門。

「所以……妳可以說明這究竟是怎麼一回事吧？」

八尋一臉認真地看著彩葉。

在指揮車的狹窄作戰室裡，塞滿了與龍之巫女有關係的主要人員。

八尋與彩葉；茱麗與珞瑟；善、澄華以及舞坂雅，再加上絢穗與奧古斯托．尼森，還有抱著鵺丸的瑠奈。

「嗯，不要緊，我全都想起來了，八尋。包括我的事，還有瑠奈的事。」

彩葉說著便毅然點了頭。

以純白火焰打倒雷龍之後，彩葉貼著瑠奈嚎啕大哭。而且她在哭累後睡了一陣子。

然而，彩葉現在的氣色像是經過驅邪除穢一樣清爽，看起來甚至感覺心情雀躍。簡單說就是回歸她平時的本色了。

「彩葉，瑠奈也是龍之巫女嗎？」

八尋看著坐在一塊的少女及女童做比較，並且問道。

彩葉對於這個問題的答覆有些讓人意外。

「聽我說，瑠奈其實是我的媽媽。」

彩葉興沖沖地斷言，還得意地亮起眼睛。

作戰室裡一片寂靜。

「啥？」

「咦？就這樣？」

間隔約十秒鐘的沉默，八尋與絢穗同時開口。

彩葉則對他們冷冷的反應露出略顯不滿的表情說：

「對呀，我是瑠奈生下來的。雖然說是她生的，也不是真的生出來，而是接下來原本應該要生出來。然後，我在被賦予生命成為龍之巫女時出了差錯，就變成我是姊姊了。」

彩葉有些拗口地說了一大串，然後又一臉得意地挺胸。

「抱歉，彩葉姊姊，我一點也聽不懂妳在說什麼。」

「妳說明的技巧未免太差了吧，彩葉。」

絢穗看似傷腦筋地訴苦，八尋則無奈地嘆了氣。

「沒辦法嘛！畢竟事情真的就是這樣……！」

說明的內容讓人完全聽不懂，讓彩葉氣惱得鼓起腮幫子嘟噥。

這時候，站在牆際的尼森卻理解般點頭應聲。

「原來如此，是這麼回事啊。換句話說，獻祭巫女有兩個人。」

「咦？尼森先生，你了解彩葉姊姊說的內容了嗎？」

「為什麼剛才那樣你也能聽懂……？」

絢穗與八尋露出傻眼的表情，彩葉則驕傲地握起拳頭。

善與澄華也一樣困惑。另一方面，茱麗與珞瑟聽了尼森說的那些話，不知為何眼裡漸漸有了理解之色。

「這個世界是由世界龍的神蝕能孕育而出，類似於某種虛擬現實。然後，虛擬世界裡的居民則是在現世已經喪命的亡者魂魄——這是天帝家傳述下來的觀點對吧？」

八尋等人難以理解，尼森不忍看他們那樣，便代替彩葉開口。

「是的。至少妙翅院迦樓羅曾那麼說過。」

雅回答了尼森的問題，八尋與茱麗也對她說的話頷首。

這個世界的居民全都體驗過死亡，這裡才會被稱作冥界。

「既然神蝕能是透過人類心願誕生的力量，世界龍的力量便有其極限。因此要趕在世界龍衰老力竭之前，孕育出從內部將自身吞噬殆盡的新世界龍。這個世界的運作機制就是如此

——我的理解與實情吻合嗎，瀨能瑠奈？」

尼森用沉靜的語氣向瑠奈確認。

像在跟成人對話，用詞細膩艱澀。

瑠奈並沒有對尼森的態度感到不知所措，而是淡然回答：

「沒有錯。我也是這樣孕育了當前的世界。」

「瑠奈……？」

絢穗表情愕然地看著瑠奈，八尋也驚訝得瞠目。

假如這個世界真是由瑠奈孕育而出，就表示瑠奈才是獻祭的巫女，而非彩葉。

「被關在幽世的不是彩葉，而是瑠奈嗎？」

世界樹上那個被封藏於琥珀的少女，跟彩葉有著相同的面孔，所以八尋等人都認為獻祭

巫女的真面目是彩葉且深信不疑。

不過仔細觀察的話，從瑠奈年幼的臉也能看到琥珀中那個少女些許的影子。因為有姊妹這層關係，以往大家都不曾在意過，然而彩葉與瑠奈面容相似。

「等一下，那彩葉又是什麼人？」

八尋用懷疑的眼神看向彩葉。

就算獻祭巫女的真正身分是瑠奈，彩葉與她們長得相像這一點仍舊不變。況且獻祭巫女的特徵是能跟魍獸心靈相通，彩葉具備這項能力也是事實。

「咦？我都說自己是瑠奈的女兒了嘛。」

明明從剛才就這麼說的啊——彩葉噘起嘴脣。

「女兒？」

「對呀，瑠奈是我的媽媽。我是幽世，一直都跟瑠奈在一起。」

「妳該不會……是在說那隻狗吧……？」

八尋想起跟獻祭巫女一起被封藏於琥珀裡的白色野獸，就發出驚嘆拍了大腿。

「沒錯沒錯……等等，不對啦！你怎麼會那麼想？它怎麼看都是鵺丸吧！」

急著接話的彩葉在耍寶後吐槽。

然而，即使聽她這麼說，八尋仍想不出其他頭緒。

「不是那樣，還有另一種可能性吧。」

「可能性？」

「──獻祭的巫女懷孕了，對不對？」

珞瑟大概是認為話題照這樣下去不會有進展，就無奈地開了口。

「啊……」

絢穗用雙手捂嘴。雅固然沒發出聲音，但肯定是吃了一驚。

「難道說，瑠奈懷孕了……？」

八尋遭受了當頭棒喝般的震撼。

根本是犯罪嘛──這麼嘀咕的大概是澄華。

然而她並不曉得，封藏於琥珀中的獻祭巫女年齡跟現在的彩葉她們差不多，懷胎生產並不至於違背自然，假如她是古時候的人就更不用說了。

即使如此，八尋等人認識當下年幼的瑠奈，難免會有複雜的情緒──

「她的對象是……我懂了，是成為世界龍的不死者嗎……！」

「呵呵呵。換句話說，我就是創世女神與世界龍的女兒喔。」

彩葉自豪地向八尋炫耀。

她從剛才就顯得心情雀躍，理由似乎正是在此。

對一直介意自己沒有家人的彩葉來說，無論對方是誰，光是能得知父母身分就是足以眉開眼笑的喜事吧。

「什麼啊，會不會太猛！表示彩葉幾乎也跟女神一樣了嘛！」

澄華把彩葉說的話照單全收，因而坦率地表露感佩之情。

「對呀對呀，妳可以跟我合照喔！」

彩葉一邊說著「這是女神的姿勢」一邊跟澄華拍起合照，八尋就用傻眼的表情看向她們。缺乏緊張感到這種地步，感覺實在不像攸關世界存亡的節骨眼。

「講到現在，彩葉的部分無所謂了啦。更重要的問題是瑠奈吧。」

「無所謂？我明明是女神耶，卻被你說無所謂？」

「為什麼理應是嬰兒的彩葉會處於這種狀態，獻祭巫女卻成了小孩？」

八尋無視彩葉的抗議，並且看向瑠奈。

瑠奈微微點頭，接著咬字不清地開始說明。

「為了孕育下個世代的世界龍，被召喚的龍之巫女有七名——她們的靈魂是分別從冥界之外招攬而來，還被賦予了龍因子。」

「……冥界之外？就是所謂的現世？」

雅打斷瑠奈的話問道。

瑠奈靜靜搖頭。

「我不清楚。妳們所有人不保證來自同一個世界，說不定整個宇宙存在無數的世界龍，還各自擁有自己的世界。」

「不管怎樣，意思是只有這些從冥界之外來的人才能孕育新世界龍吧。龍之巫女會擁有前世的記憶，理由就是出在這裡嗎？」

善用正經八百的語氣確認。瑠奈點頭說：

「沒錯。不過有例外。」

「例外？」

「從上一代存活下來的龍之巫女。」

「獻祭巫女嗎？」

尼森如此嘀咕。從上一代存活下來的龍之巫女，就是指獻祭巫女——瑠奈本身。

「沒錯。世界終結的前一刻，獻祭巫女會被賦予新的肉體投胎轉世，成為其中一名龍之巫女。那就是天龍巫女。」

儘管語氣有些結巴，瑠奈的說明倒是簡單明瞭，至少比不得要領的彩葉好太多了。光看這點，要說瑠奈是由具備前世記憶的獻祭巫女轉世，就多了一分可信度。

「天龍巫女算是保險。當下一代龍之巫女都沒能孕育世界龍時，她的職責就是延續舊世界的壽命。所以天龍巫女並沒有不死者，相對地，她會被賦予特殊的力量。」

「特殊的力量？」

「操控魍獸的力量。」

「啊……」

在場所有人的目光都轉向瑠奈腿上的鵺丸。

能跟魍獸對話的人不只彩葉，瑠奈也有同樣的能力。倒不如說，那種能力原本就是要賦予身為天龍巫女的瑠奈才對。

「儘奈姊姊——儘奈彩葉的肉體原本應該要歸天龍巫女所有，但是在轉世之際，發生了差錯。」

「進入她體內的是胎兒靈魂，而非原本的獻祭巫女，對不對？」

珞瑟一邊交互看著彩葉與瑠奈，一邊問道。

「呃……那個……對不起……」

彩葉感受到眾人的視線集中過來，因而消沉地垂下頭。

雖然發生差錯的責任並不在彩葉身上，她的存在造成許多人不知所措仍是事實。

「那個嬰兒的靈魂來自幽世——換句話說，就是冥界之外。所以，儘奈姊姊被視為正統的龍之巫女，還獲得了火龍之力。這導致儘奈姊姊沒有前世的記憶，因為她根本就沒有被獻祭巫女生到世上。」

瑠奈說的話讓所有人都接受了。

彩葉唯一具備的前世記憶，是關於幽世的片段記憶。

縱使是出生前的胎兒，總也認得世界龍的存在。應該說，她認得的就只有那個吧。

「更大的問題是，天龍的位子空了出來。因為世界龍只安排了七具肉體給龍之巫女。如果是常人的肉體，要多少都可以安排，但即使靠世界龍的權能，想產出多餘的龍因子仍非易事。」

話說到這裡，瑠奈忽然跟八尋對上視線。

「——只不過，這個問題以意外的形式獲得解決了。」

「鳴澤珠依，對嗎？」

沒錯——瑠奈對尼森的嘀咕點了點頭。

「世界龍招攬來的靈魂之一跑進了人類安排的容器。所以，我就用剩下的龍因子創造了這副軀體。由於是急就章湊合的，才變成了這副模樣。」

瑠奈帶著自嘲般的表情低頭看了自己的身體。

彩葉緊緊抱住瑠奈，並且毅然地拋出一句：

「沒錯，說穿了就是這麼回事。」

「為什麼妳要擺那種架子？」

八尋又傻眼地看了彩葉。至少從瑠奈剛才的說明聽起來，感覺根本沒有可以讓彩葉自豪的要素。

然而彩葉卻抱著瑠奈，還顯得有些驕傲地微微笑了笑。

「一直以來，瑠奈都在保護我喔。她封印了火龍的權能，讓我能純粹當一個美少女人氣直播主。」

「算不算美少女跟有沒有人氣姑且不提，妳所擁有的權能會這麼寒酸，倒是弄清楚理由了。」

八尋無情地道出感想。

先不談單純的威力，總體來說，彩葉的火龍權能就是難用。除了能從其他龍之巫女或不死者的攻擊之下保護自身，幾乎毫無用途。其他龍的權能都可以有多種應用方式，相較下實在是差多了。

不過多虧如此，彩葉才能對龍之巫女的身分毫無自覺地過生活。就這層意義來說，她確實一直被瑠奈保護著。

「唔～～……什麼話嘛。如果跟雅小姐或茱麗她們比，或許令人不忍直說，但我也還算是美少女吧……！」

「妳在乎的居然是那一點。」

彩葉的嘀咕讓八尋傻眼。

「哪裡。茱麗長得美是當然的，但妳也不算一無可取喔。」

雙胞胎姊姊被稱讚，珞瑟便客套地隨口安慰彩葉。

「是啊。我認為妳跟澄華站在一起也不至於顯得遜色。」

「善，你趁亂在說什麼啊，真是的……」

另一邊的善與澄華則是晾著彩葉不管，當眾開始打情罵俏。嚴肅的話題暫且討論完畢，大家就跟著分心了吧。

「要是靠這股力量可以阻止丹奈小姐他們就好了……」

八尋望著自己的手掌說道。

瑠奈施加的封印解開了，彩葉的權能力量大有提升，以前簡直不能比。不當心的話，甚至會被那股壓倒性的力量牽著鼻子走。

假如獲得這股力量的是過去只靠著憎恨珠依活下來的八尋，肯定會像投刀塚那樣沉溺於力量而失控吧。從中可以理解瑠奈絕不是毫無意義地封印了彩葉的力量。

「說得對。可以的話，我希望靠溝通解決這件事，就算溝通沒有用也絕對要阻止他們。畢竟瑠奈也在努力啊。」

彩葉跟著一臉認真地點頭。八尋納悶地看著女童樣貌的龍之巫女問：

「瑠奈在努力什麼？」

「天龍的權能在戰鬥中派不上用場，但是，它可以抑制冥界門對世界的侵蝕。我的職責就是替這個世界延命。」

「意思是在世界瓦解前，妳可以多爭取一點時間嘍？」

哦——茱麗訝異地挑起了單邊眉毛。

「這樣啊。多少看見一絲希望了。」

八尋微笑著摸了摸瑠奈的頭。即使知道她的內在其實較為年長，至今養成的習慣仍讓八尋忍不住把她當小孩對待。

瑠奈也毫不排斥地接受，還稍微朝八尋湊過去，彷彿希望他多摸一下。

好好喔——絢穗與彩葉看著妹妹，都只能在一旁眼饞。

雅望著姊妹們融洽的模樣，便覺得耀眼般瞇起眼睛。

接著，她換成較正經的表情轉向彩葉。

「那我們也來盡自己所能吧。彩葉，首先能請妳脫掉衣服嗎？」

「咦？怎麼突然這麼問！」

彩葉交錯雙手遮住胸口後退，雅卻面不改色地說：

「開直播，應該需要服裝與化妝吧？」

「咦？妳說的直播，是由我上鏡頭嗎？」

彩葉愣愣地眨了眨眼睛。

搖光星還要花兩小時以上才會抵達二十三區。在這段期間，彩葉等人閒著也是閒著。

話雖如此，就算是直播上癮的彩葉，好像也沒想過要在這種狀況下開直播。

「恐懼會誘發人類魍獸化。要平息世界各地發生的恐慌，就該把你們準備採取的行動宣揚出去。妳身為世界最知名的龍之巫女，出面講話一定有效果。」

「或許是這樣沒錯……」

彩葉聽過雅仔細說明，心裡認同歸認同，還是為難似的垂下目光。

「但是，行不通喔，雅小姐。我的頻道被統合體凍結了，沒辦法開直播。就算現在開新的頻道，肯定也會被當成冒牌貨。」

「不要緊，我可以幫妳準備直播用的帳號。有個訂閱者超過一千五百萬的知名新聞頻道還留著。」

呵呵──雅使壞般笑了笑，還對彩葉拋媚眼。

「妳說的……該不會是……！」

「山道CHANNEL嗎！山瀨道慈留下來的……！」

彩葉與八尋看向彼此的臉叫道。

雅與山瀨道慈經營的《山道CHANNEL》是知名的爆料型新聞頻道。其傲人知名度也被各大媒體數度提及，之前還揭露過彩葉身為龍之巫女的祕辛，給八尋等人添了許多麻煩。

既然能用山瀨的帳號，要將彩葉的聲音傳到全世界確實可行。

而且更重要的是彩葉曾跟山瀨有過節，透過他的頻道亮相，就可以證明開直播的彩葉是本尊。

「如今有亞佛列德．薩拉斯站在妳這邊，頻道應該就不會被凍結。妳覺得怎麼樣，伊呂波和音？」

雅以挑釁的表情看向彩葉。

彩葉的答覆自然是不用多問。

## 2

『——嗚汪～～大家好，我是伊呂波和音。』

毫無預告就開始的這段直播，一開始是被小部分熱衷的觀眾注意到。

偶然點開程式時秀出來的推薦影片縮圖上，有個眼熟的少女——戴獸耳的東洋少女。

『好久不見！今天要播出的是「魍獸根本沒什麼好怕！呼天搶地！與龍之巫女一同到冥界門旅遊特別節目」，所以我借用了山道CHANNEL這個帳號，打算在裝甲列車「搖光星」上頭開現場直播！』

訂閱這個頻道的人，絕大多數都知道她的名字。

而且大家也知道她跟世界上發生的魍獸騷動並非毫無關聯——

她開了直播的消息透過社群網站快速地傳播出去，頻道的同時觀看人數於轉眼間不停增長。

『而且今天我邀請了特別來賓，是這個頻道上大家所熟知的新聞工作者，舞坂雅小姐，還有我的好朋友清瀧澄華來參加直播！』

『咦咦咦咦！等一下等一下，我也要露臉嗎！沒聽妳們提過耶，不行啦不行啦！』

是的。這一天，直播主「伊呂波和音」在全世界的人們守候下，成功回到了網路上。

†

受世界各地出現魍獸的騷動影響，連合會位於橫濱的總部正被迫因應與日俱增的諮詢案件。

除了駐留於日本各地的多國籍軍隊，就只有連合會旗下的民營軍事企業具備與魍獸實戰的經驗。諸如出現的魍獸該如何對付、魍獸化的對策、請求派戰力支援等等，諮詢內容也算五花八門，盡是些麻煩的差事。

連合會負責統籌受限繁多的民營軍事企業，面對鉅額贊助者或政府機關的委託就不能輕慢。結果為了處理大量產生的業務，連合會會首的葉卜克萊夫．勒斯基寧便親自上陣指揮辦事員了。

這般情境下，連合會執行部的雅格麗娜．傑洛瓦慌忙趕到了勒斯基寧身邊。

「失禮了，會首！儘奈彩葉她……火龍巫女開了緊急直播！風龍與水龍巫女也跟她在一起……！」

雅格麗娜連調適呼吸都沒空，就亢奮地遞出自己的私人手機。

「冷靜點，雅格麗娜．傑洛瓦。妳說的直播，指的是這個嗎？」

勒斯基寧回望她，不為所動地嚴肅反問。

他指了會首室的螢幕，特寫鏡頭正在拍攝戴獸耳假髮的少女。那是雅格麗娜等人都熟知的日本少女。

「是的。為阻止全球規模的魍獸化現象，他們似乎要前往二十三區的冥界門。據報目前正通過名古屋一帶。」

「從諾亞運輸科技——基歐尼斯ＣＥＯ那裡也接到了請求，說是比利士藝廊的裝甲列車要通過，想請我們盡可能行方便。雖然官方並未明示，但是亞佛列德．薩拉斯似乎也採取動作了。」

「薩拉斯？統合體在協助藝廊嗎……？」

意想不到的情報讓雅格麗娜難掩驚訝。

統合體內有多種派系，以期望發生全球規模大殺戮的觀點而言，那些人心思一致。聽說那種傾向在薩拉斯率領的主流派尤其強烈。儘奈彩葉打算阻止破壞，立場上應該是相互對立的。

「不知道統合體的心境有了什麼改變，但這樣的改變對我們來說倒不壞。畢竟藝廊內部似乎也有過一番糾紛。」

勒斯基寧微微哼聲。藝廊遠東分部揭起反旗，將優西比兀．比利士趕下台的消息也早就傳到連合會了。

這次搖光星要去二十三區，應該也與此脫不了關係。

「連合會要協助嗎？」

「畢竟我們是傭兵啊。接到委託，總不能袖手旁觀。」

麻煩的工作──勒斯基寧嘀咕以後，把手裡的成疊文件擱到桌上。

「魍獸化發作的導火線在於人類的恐懼心理。這項情報早在連合會旗下各企業的傭兵間傳開了，代表日前發生的騷動並沒有讓大家白忙。」

「魍獸化的影響沒有殃及我們，也是拜此所賜嗎？」

「若是靠近二十三區，冥界門的影響應該會進一步增加，軍方的士兵想必撐不住。換句話說，能支援比利士藝廊強闖冥界門的人，當下就只有我們。」

雅格麗娜對勒斯基寧說的話點頭。

比利士藝廊的最終目的地是位於舊東京車站旁規模最大的冥界門。為了讓他們的裝甲列車抵達該處，絕對條件就是要確保架在多摩川的六鄉川橋樑與之後行駛的路線能安全通行。

換言之，非得有人踏進屬於隔離地帶的二十三區，將鐵路周圍的魍獸排除。

「通知隸屬於連合會的全體企業。接下來連合會為了支援藝廊，將會直闖二十三區。第

「目標為確保鐵路及周邊設施安全，第二目標則是排除冥界門周圍的魍獸。」

「這樣好嗎？作戰的規模如此龐大，總不能由連合會發出強制委託……」

雅格麗娜戰戰兢兢地對勒斯基寧的指示提出異議。

然而，連合會會首將厚嘴唇一撇，賊賊地笑了。

「報酬方面用不著擔心，反正業主是統合體。何況在世界恐怕就要滅亡的節骨眼，也不必吝於出錢。」

勒斯基寧從蓋在橫濱車站上的連合會總部（The Tower）的窗口，看似愉悅地凝望著黎明前的昏暗天空嘀咕：

「弒殺所有的龍嗎……沒想到那些丫頭說的話竟會成真。」

## 3

「彩葉姊姊，好棒喔……同時觀看人數超過四千萬了。把私自錄下後上傳影片的網站算進去，或許全世界約有一億人觀看……」

絢穗望著直播影片用電腦的畫面，手指隨之顫抖。

自己參與直播的影片被全世界超過四千萬的觀眾收看——絢穗應該是體會到這一點而心生恐懼。

「嗯，好厲害耶。明明前陣子還有觀看次數一位數或兩位數的時候。」

「超級留言金額也很誇張喔！我從來沒看過這樣的數字……！」

也許是心理作用，感覺蓮與凜花表情也僵住了。

八尋很能體會他們受動搖的情緒。倒不如說，被這麼多人關注還不會感到壓力的彩葉才叫異常。

每天持續上傳觀看次數完全沒起色的影片，也需要堅強不屈的精神，彩葉著實適合當直播主。就這層意義來說，她的確有天分。身為伊呂波和音最老的粉絲，八尋驕傲地這麼思索著。

「唉，雖然這不是彩葉姊姊的頻道就是了。」

另一方面，冷靜地點破事實的是身為現實主義者的九歲小孩穗香。

不管彩葉這部影片的觀看數衝得多高，既然是在山瀨道慈的頻道，廣告費之類的收益就連半毛錢也不會進彩葉的口袋。那些錢全都歸共同經營山道CHANNEL的雅所有。

在這種情況下，雅應該不至於算計那麼多。然而無法斷言她絕對沒有別的用意，就是雅讓人覺得可怕的地方了。

「穗香，太陽的位置改變了。這樣拍攝會逆光，麻煩妳替儘奈姊她們打光。京太來幫忙換手提攝影機的電池。」

「包在我身上。」

「話說，電池這樣裝對嗎……？」

為了避免被麥克風收音，希理等人壓低音量，手腳俐落地完成幕後雜務。

八尋看著這幅光景，坦然地感到佩服。他們跟什麼忙都幫不上的八尋差多了。

「那些傢伙真了不起。」

「因為大家幫彩葉姊姊都習慣了。」

絢穗聽到八尋的讚賞，嘴角便欣然露出笑意。

目睹弟妹們齊心支援彩葉開直播的情狀，就能實際體會到沒有血緣關係的他們真的是一家人。

四年前——八尋在大殺戮前夕遇見彩葉時，她是個情緒有些淡薄，遣詞也不甚流暢的少女。

不過八尋現在就能理解。當時的她，精神上仍是個年幼的孩童。

原本龍之巫女都會帶著前世的記憶轉世。

嬰孩時期的彩葉卻沒有前世的記憶。她的軀體原本應該歸瑠奈所有，即使身體記得生活所需的知識，情感方面還是來不及發育。當時彩葉的內在與外貌是有落差的。

然而經過了四年，八尋與彩葉重逢時，她已經變成目前這個情感豐富的少女了。

這無疑是彩葉的弟妹們帶來的影響。跟他們一起生活，讓彩葉成長了。彩葉以為自己扶養了年幼的弟妹們，其實是彩葉被他們養大了。

這一點讓八尋懷有苦澀的情緒。

命運若能在某處改變，或許同樣不具前世記憶的龍之巫女——身為人工龍之巫女的珠依也能像彩葉現在一樣，有她開懷笑著的未來。

「——茱麗、珞瑟，第二小隊傳來通訊，有關二十三區的偵察結果。」

魏洋拿著平板型的行動裝置走進指揮車。

留在橫濱基地的藝廊遠東分部第二小隊照茱麗她們的指示，在二十三區內做了威力搜索，以便掌握冥界門的現狀。

「看來魍獸的活動果然是活化了啊。在地表確認到的個體數密度，據說超過了平時的兩倍。」

「意思是魍獸數量加倍了？」

「對。也有觀測到從冥界門出現的新魍獸，與原本就棲息於二十三區的個體之間有衝突發生。」

「有一定程度符合預期，我卻不希望猜中呢。」

這可麻煩嘍——茱麗排斥地吐了吐舌。

「鐵軌與鐵橋都沒事嗎？」

八尋帶著嚴肅的臉色問道。

即使說是裝甲列車，沒有鐵軌就無法行駛。跨越將二十三區與外界分隔開的多摩川的橋樑，將是駛抵冥界門最重要的據點。

「我們也在憂懼這一點，不過勒斯基寧似乎幫忙擺平了。」

「勒斯基寧？連合會的大叔出手了……？」

珞瑟提到意外的人名，讓八尋有些驚訝。

「他似乎動員連合會旗下的所有戰力，反過來朝二十三區進攻了。他們經歷過橫濱那場騷動，對魍獸化就有抗性，雖然只起得了安慰作用。」

「話是這麼說，連合會好像光要保住鐵橋就已經忙不過來嘍。畢竟魍獸也已經湧到二十三區外頭了。」

茱麗對珞瑟說的話做了補充。

搖光星已通過橫濱車站，再過不久就會接近川崎市內。距離架在多摩川上的鐵橋所需路程約為五分鐘。只要通過那裡，後頭總算就是二十三區——眾多魍獸盤據的勢力範圍「隔離地帶」了。

然而來到這裡，喬許卻放慢了搖光星的車速。

因為連遭遇率理應偏低的這一帶都有魍獸湧現。

「來了嗎……！」

八尋握起九曜真鋼，收斂了表情。

多虧有諾亞運輸科技及多國籍軍隊支援，搖光星一路來到這裡都沒有與魍獸接觸，但終於遇到避不開戰鬥的狀況了。

「我們沒空應付『流離的魍獸』。衝過去，列車長。」

「明白了，珞瑟塔大人。」

珞瑟朝傳聲管喚道，列車長便以下定決心的嗓音答話。

在大型魍獸中，也有能承受戰車砲直接攻擊的個體。要是迎面衝撞，就連裝甲列車也免不了受損傷。

珞瑟估算過風險，仍下令強行突圍。畢竟世界一旦瓦解，縱使搖光星能夠保有完好也毫無意義。

「魏洋，動力車的護衛交給你。」

帕歐菈拿著愛用的輕機槍起身。全副武裝的她穿了對魍獸用的護具，肩上佩有大柄軍用短刀，腰際則掛著備用的彈匣與手槍。

「我知道了。遙控砲塔由我這邊來接手操作。」

「嗯。我的部隊會去對付攀附搖光星的魍獸。」

帕歐菈與魏洋分配完職務，便前往各自的崗位。

接著起身的是善。

「走吧，鳴澤。我們去排除鐵軌上的魍獸。」

「等等，善，你說排除鐵軌上的魍獸……難道是要爬上領頭車廂的車頂？」

「裝甲板上有附扶手吧。你怕的話可以不用跟來。」

「我又沒說會怕！」

八尋焦躁得咬牙跟在善後頭。八尋他們身為不死者，就算被行駛中的列車拋出去也不至於喪命，但是從列車摔落的話，抵達冥界門就會有所延誤。八尋怕的是這一點。

然而在八尋他們離開指揮車前，有摻了雜訊的說話聲插進比利士藝廊的通訊。

『——這裡是連合會執行部。聽得見嗎，比利士藝廊？』

「從聲音聽來，妳是雅格麗娜？」

珞瑟露出納悶的臉色答話。彼此不做多餘的交談。

在搖光星即將闖進二十三區的時間點，進軍二十三區的連合會幹部傳了通訊過來。不難想像是緊急的要務。

『珞瑟塔．比利士嗎？沒時間了。聽我說，配合你們的裝甲列車通過，連合會地上部隊將以多管火箭砲(MLRS)齊射，使用的砲彈為非殺傷性的催淚彈。』

「原來如此。要剝奪魍獸的行動力，趁隙突破它們的包圍對吧。以妳來說算是不錯的策略。想出這招的是勒斯基寧嗎？」

『囉、囉嗦！總之，這項策略只能用一次，別錯失時機。』

「我明白了。搖光星會配合你們。」

作戰執行時刻確認完畢後，珞瑟切斷與雅格麗娜的通話。

「全體人員，正如你們聽見的。戰鬥員要裝備防毒面具，非戰鬥員移動到指揮車。雖然搖光星有氣密設計，但那是用來對付魍獸的強烈瓦斯，姑且要防範。」

茱麗用車內廣播對搖光星的乘員們警告，八尋與善也拿起車廂內配備的防毒面具。縱使是不死者，接觸到催淚瓦斯的話，難免會暫時失去作戰能力。假如那是對魍獸用的催淚彈就更不用說了。

「彩葉！妳們在搞什麼！」

八尋捧著按照人數準備的防毒面具，趕到彩葉等人拍影片直播的搖光星休息車。怎麼等也等不到彩葉她們過來領防毒面具，讓他氣急敗壞。

然而在踏進休息車的同時，八尋就明白她們為什麼毫無反應了。

休息車裡正用足以蓋過車內廣播的大音量播放吵死人的舞曲。

「咦，怎麼了嗎？我們正在直播唱歌耶……八尋要不要也來唱？」

彩葉回望突然闖進來的八尋，便握著卡拉ＯＫ麥克風問。

「都這種狀況了，怎麼還在唱卡拉ＯＫ啊，妳們幾個？」

真不知道神經長成怎樣——八尋露骨地擺了臉色。

「興、興起就開唱了嘛……」

原本兩手拿著沙槌跳舞的澄華害羞地臉紅了。

善目睹她那副模樣，便捂著眼睛嘆氣。明明澄華之前還那麼排斥參加直播，卻好像在這短短的時間內就被彩葉荼毒了。

「嚇了我一跳耶。雅小姐唱歌超強的！」

彩葉沒看出八尋與善滿臉疲憊，還興奮地說道。

八尋露出越發不敢領教的表情說：

「雅小姐，怎麼連妳都有份啊……」

「我覺得老是保持緊繃也不好喔。」

雅帶著毫不慚愧的表情回話，然後微微聳肩。

八尋感到頭痛得厲害，卻又轉念認為現在不是發牢騷的時候。當他們閒扯這些時，連合會發動攻擊的時間仍時時刻刻在逼近。

「沒時間了。妳們所有人戴上這個。」

「什麼東西啊？防毒面具？做這種裝扮未免太偏門了點……」

「這不是直播用的裝扮啦！」

彩葉表達出重點放錯的不滿，八尋就硬是把防毒面具塞到她臉上。

彩葉悶聲叫喊著掙扎。看來好像是在抱怨戴面具會掉妝。

在這當下，傳進裝甲列車內的行駛聲出現變化。搖光星上鐵橋了。

「要來嘍！」

確認過時鐘的善厲聲大喊。

從多摩川河畔發射的大量火箭彈隨即發出怪鳥般的嘯聲，籠罩住天空。

## 4

純白的煙霧滿布廢墟街道。

簡直像置身於雲朵中的夢幻景象。如果煙霧的真面目並不是含強烈刺激性臭味的催淚瓦斯，那就更好了——

灰色裝甲列車正朝那陣凶猛的濃霧衝去。

從京都車站出發經過約五小時，八尋一行人總算抵達二十三區。

「二十三區啊……沒想到居然會在這種局面回來這裡。」

透過被防毒面具罩住的視野，八尋環顧過去被稱作東京的城市。

「對呀。不知該怎麼說，有種懷念感，卻又好像來到了陌生的地方，感覺不可思議。」

彩葉依然拿著直播用的手機，道出複雜的情緒。

仔細想想，最後從二十三區離去時，八尋他們也是搭這輛裝甲列車。

而且八尋身邊依然有彩葉在。雖然狀況已經與當時大有不同，卻也有不變之處。這讓他們覺得有些有趣。

『瓦斯要中斷嘍！提高警覺！』

從制服領口內附的通訊器傳來茱麗的聲音。

如她所說，離開催淚瓦斯瀰漫的區域後，視野頓時變得開闊。

那就表示魍獸也能看見搖光星的車影了。

轟隆奔馳的裝甲列車。面對入侵自己地盤的巨大異物，魍獸都殺氣騰騰，而且其數量驚人。連待慣二十三區的八尋也是第一次目睹數量這麼多的魍獸。

「魍獸？為什麼會這麼多！」

脫掉防毒面具的彩葉臉上浮現焦慮之色。

魍獸數量實在太多，好像連她也難免要對這幕景象產生恐懼。畢竟放眼望去，路上及廢棄大樓的屋頂都被魍獸占滿了。而且，那些魍獸絕大多數都是不會被彩葉的聲音打動的新世代魍獸。

搖光星的機砲開火了。

趁軌道上的魍獸心生畏懼，裝甲列車長驅直入。魍獸陸續被撞飛，搖光星仍然沒有停下。它從柴油引擎發出咆哮，持續急馳。

可是裝甲列車的速度確實下滑了。以時速來說，頂多四五十公里，憑魍獸的腳程可以輕易追上。

具備雷擊等特殊能力的魍獸陸續讓搖光星蒙受攻擊。衝擊傳到厚實裝甲板，裝甲列車的車體劇烈搖晃。

連合會的掩護已經沒了。

藝廊戰鬥員也紛紛展開反擊，但敵人的數量太多。

「嘖……」

尼森發現搖光星的動力車遭受狙擊，便設下無形屏障。

魍獸們似乎對龍氣產生了反應，攻勢隨之加劇，尼森痛苦地皺起臉。

「尼森先生……？」

發現尼森跪下的彩葉尖叫出聲。尼森的西裝袖口有部分結晶化的肉體像散沙一樣灑落。

「相合的極限嗎……」

八尋抹去表情朝尼森問道。

雖說遺存寶器相合者擁有龍因子，他們的能力卻不是取之不竭。

他們並非不死者，肉體便有承受不住神蝕能負擔的相合極限存在。

尼森在與投刀塚交戰時，就已經行使了超出極限的神蝕能。若是繼續對魍獸發動屏障，肉體應該再不久就會崩潰。

「別在意。我知道自己遲早會變成這樣。」

尼森仰望八尋他們，平靜地說道。

另一方面，由於他設下屏障的效應，裝甲列車又開始加速了。魍獸們目前仍在持續猛攻，但起碼攻擊並沒有觸及搖光星的動力車。

「替你們引見迦樓羅小姐以後，我的職責就已經結束了。無法見證這個世界的前程倒是有些遺憾。」

呵——尼森自嘲似的微笑，然後起身。

「尼森……！」

「沒能阻止鳴澤珠依……我感到很抱歉……」

尼森背對兩人發出的嘀咕，讓八尋微微倒抽一口氣。

八尋於二十三區生活的四年間，陪在珠依身邊的一直是尼森。

身為統合體的探員，尼森過去都義務性地照顧著珠依，內心對她似乎並不是毫無感情。

「繼續直播，彩葉。」

「雅小姐……？」

雅溫柔地向動搖的彩葉搭話。

她打開休息車的門，將身子探出列車。抓穩車體的扶手以後，雅直接將目光轉往搖光星的行進方向。

下個瞬間，裝甲列車甩開窮追而來的魍獸，一口氣加速了。

原本堵住搖光星去路的那些魍獸彷彿被看不見的海嘯沖散，接連從鐵軌被颳飛。雅用風龍的權能減輕了列車的空氣阻力，同時也將那些礙事的魍獸驅散。

「別這樣，雅小姐！妳一直動用這麼強勁的神蝕能，身體也會撐不住吧！」

八尋朝站在列車外的雅喊道。

龍之巫女的肉體無異於常人，她們原本就只是賦予不死者庇佑的存在。

若是一直主動使用神蝕能，她們就會喪失人形變成龍。然而，那是絕對沒辦法企及世界龍的不完整之龍。而且跟遺存寶器相合者一樣，遲早會迎來相合極限而送命。三崎知流花及鹿島華那芽都有相同的下場，雅不可能不知情。

「各位，你們都看見了嗎——」

彩葉朝著攝影中的手機喚道。

雅的瀏海被風吹亂，龍人化的右眼露了出來。不過，雅並沒有要遮掩的意思，畢竟叫彩葉直播這一幕的就是她自己。

「這幅景象，就是目前的日本。然後，這是我們龍之巫女與弒龍英雄的力量。」

彩葉一邊仔細地選擇用詞，一邊向畫面另一端的人們訴說。

魍獸們的攻擊有尼森以屏障防禦。

還有雅用權能將魍獸們驅散。

即使如此，那些魍獸仍毫不停歇地朝裝甲列車來襲。

淒厲景象正透過彩葉的手機發布到全世界的每一個角落。

「龍與龍之巫女都不是人類的敵人。為了拯救快要毀滅的這個世界，我們回到了二十三區。」

彩葉也將裝甲列車的艙口完全開啟，將身體探了出去。

映入視野的是廢墟的景象，還有在那裡簇擁成群的魍獸。彷彿要讓人們陷入絕望的恐怖光景。

然而，裝甲列車正飛馳於這樣的廢墟街道。

載著龍之巫女與不死者的巨大機械。雅相信這一幕會成為人們的希望，才會要彩葉繼續直播。

「如果只靠我們，是沒辦法抵達這裡的。因為有迦樓羅小姐、有船長和他的幫手、有連合會的人們、有藝廊的大家，以及收看這場直播的各位，這個世界還沒結束。所以——」

彩葉的話忽然中斷了。因為魍獸在穿過尼森的屏障後，朝著置身於列車外的彩葉來襲。

不過，它們在抵達彩葉身邊之前就已經全身結凍碎散。

保護彩葉的是澄華與善。

『看見了。是冥界門！』

在駕駛室的喬許的聲音從車內廣播傳出。

一瞬間，列車裡頭差點就喜悅得群情鼎沸，但所有人都因為歐帝斯接著說的話而表情僵硬。

『但是，鐵軌已經……』

「全體人員，準備因應衝擊！」

茱麗近似尖叫的聲音響遍車內。她這麼急迫地喊出聲音，八尋也是首次聽見。

離東京車站只剩一小段路，已經看得見冥界門從大樓群中挖空的空白地帶。可是通往那裡的鐵軌卻斷在中途。

不知道原因出在魍獸的攻擊或者單純年久失修，支撐鐵軌的高架橋本身已經崩落。

『不行……車體停不住……！』

喬許絕望的聲音傳來。

震耳欲聾的剎車聲響遍四周，但是那仍不足以攔下裝甲列車疾馳的巨軀。

尼森想展開屏障，這次卻完全力竭似的當場倒下。

八尋與善的神蝕能無力攔下列車。八尋對自己的無力咬牙切齒，連彩葉都不發一語地僵住了。

「——不要緊。讓直播繼續。」

在這當下，悠然開口的人是雅。

籠罩雅全身的龍氣勢頭加劇，大氣在她的周圍掀湧。

「雅小姐！」

「慢著，妳的身體已經——」

忘記仍在直播的彩葉大喊，八尋則在最後一刻吞回差點脫口的話。因為八尋察覺在這個狀況下，只有她能拯救搖光星。

「剛認識道慈的時候，他對我說過，真相用眼睛是看不見的，總要等經過以後才會發現，就像風一樣。」

隨著釋出的龍氣勢頭加劇，雅的樣貌逐漸接近龍。全身被半透明鱗片覆蓋，骨骼產生變化，長而大的尾巴撐破衣服伸出。

龍人化。即使如此，她的模樣依舊美麗。

「你們用自己的意志做出了決斷，想要讓風吹起。我會祈禱這之後的路能帶你們通往幸福的結局。」

加油——她這麼告訴八尋與彩葉，聲音聽起來已經不像人類的語言。

「雅小姐……！」

彩葉沒擦流下的眼淚，只是一直用鏡頭拍下雅產生變化的模樣。

不久，雅變成透明的龍飛向空中。

驚人狂風就在同一時間包住了裝甲列車。

搖光星衝上高架橋崩落的空隙後，隨即乘著風翩然飄起。

於是裝甲列車的巨軀直接脫離軌道，降落於並行的道路上。有一陣風打算承受列車墜地的衝擊，霎時間，飛在半空的龍力竭似的全身碎散了。雅的肉體早就到了極限。

速度煞不住的搖光星直接墜地，濺出火花從路面滑行而過。要是就這樣撞上建築物，車裡的人便無法倖免於難。就算靠尼森的屏障也防範不了衝擊。

但是，列車並沒有從道路偏離。

道路兩旁的地面隆起，像滑梯扶手一樣將差點翻覆的裝甲列車擋下。那是能操控地形本身的強大神蝕能。

「山龍的權能！絢穗嗎……！」

八尋緊抓休息車的座椅以免被甩出車外，並看向似乎在拚命祈禱而閉上眼的絢穗。

絢穗含蓄內向的性格跟三崎知流花有些相像。絢穗能在短期內將山龍的權能活用到這種地步，或許也與此有關。比起傷害他人，山龍的權能更適合用於保護眾人，這跟她們的性格是合得來的。

搖光星在道路滑行了一百公尺以上，仍然沒有撞上周圍建築物，順利停了下來。

「絢穗……！」

眼看從極度緊張解脫的絢穗快當場倒下，八尋連忙想趕到她的身邊。不過，在那之前已經有人衝上去扶穩了絢穗。是她的弟妹們。

「好耶～～～～！」

「絢穗！」

「絢穗姊姊好厲害！」

跟弟妹們抱成一團的絢穗困擾似的露出笑容。

而且還有個穿著華麗服裝的獸耳少女一邊抽咽一邊巴著她不放。

「絢穗，謝謝妳……！雅小姐的犧牲……沒有白費……絢穗！」

「彩、彩葉姊姊……等一下……這樣好難受……而且，鏡頭還在拍……！」

被直播中的彩葉抱住，讓絢穗一陣慌亂，彩葉卻不放開她。雅消滅了，搖光星平安無事——搖擺於兩者間的情緒使得彩葉哭花了臉仍停不住。

「來到這裡……它們還在增加啊……」

八尋從衝上道路的裝甲列車跳下來，並且粗魯地咂嘴。

在八尋等人前方可以看見過去被稱作東京車站的建築物。目的地冥界門已近在咫尺。

聚集於那座冥界門周圍的，卻是超過幾百頭的大群魍獸。那似乎就是阻止八尋等人接近的最後障礙。

不過即使看見它們的身影，八尋也不覺得絕望。

只要能抵達這裡，魍獸們就不算威脅了。畢竟在現場的龍之巫女和不死者，並不是只有八尋他們。

「你退下吧，鳴澤八尋。這些傢伙由我們來排除。」

一臉正經的少年用一如往常的冷漠語氣告訴八尋，握在右手的是一柄樸素的西洋劍。而且，他的左手牽著一名身穿華麗制服的少女，是情侶間十指交扣的牽手方式。

「澄華，麻煩妳。」

「嗯。要去嘍，善。」

龐大龍氣從澄華的指尖流入善體內，那股龍氣化成無數冰晶，靜靜地飛舞於兩人周圍。不久，舞動於黎明光輝的冰晶在空中描繪出巨龍幻影——優美剔透的水藍巨龍。

「將它們封入冰界，水龍！」

善持劍橫掃而過。

水龍咆哮，並且釋出純白的急凍洪流。

巨量的液化大氣化為名符其實的海嘯，湧向包圍住裝甲列車的大群魍獸，將它們吞入其中。

就算魍獸具有傲人的頑強生命力，被凍得連半顆細胞都不剩也不可能安然無恙。包含建築物與道路在內，映於八尋等人視野裡的一切都被封進了厚實的冰層中，然後粉碎散去。

寒意徹骨的風吹來，讓八尋一面發抖一邊嘀咕：做得太過火了吧。

不過這麼一來，魍獸就暫時無法靠近搖光星了。就這層意義而言，或許八尋該感謝善與澄華。

「八尋、彩葉，你們去吧。」

從搖光星下來的魏洋爽朗笑道。

「別擔心之後的事。那些小鬼頭有我們保護。」

「……交給我們。」

喬許粗魯地拍了八尋的背，帕歐菈則奮然豎起拇指。

其他藝廊戰鬥員也各自向八尋他們搭話。在他們臉上浮現的是大功告成的成就感，就算在這之後，世界將於今天毀滅，他們肯定也能心滿意足地死去。

「八尋哥哥……」

絢穗客氣地靠近，像下定了決心才向八尋搭話。

忽然間，八尋想起在二十三區與她初遇的那一天。

「這次換我被妳救了呢。謝謝妳，絢穗。」

「……是的！」

絢穗似乎理解了八尋話裡的意思，便欣慰地點頭。

用了強大神蝕能這一點固然令人擔憂，但從絢穗的模樣看來，目前似乎不用擔心她會面臨相合極限。更何況，絢穗也沒必要繼續用遺存寶器。

無論是以何種形式收尾，只要八尋與彩葉抵達冥界門當中，這場圍繞龍之力而起的大騷動全都會隨之終結。

「鵺丸，瑠奈……大家就拜託你們了喔。」

彩葉朝白色魍獸與年幼的么妹喚道。

瑠奈跟往常一樣，面無表情地點點頭。來到這裡，身為天龍巫女的她已經做不了任何事。瑠奈明白這一點。

接下來，是屬於彩葉她們這些新世代龍之巫女的戰鬥——

「茱麗、珞瑟，一直以來謝謝妳們，受妳們照顧了。」

雙胞胎姊妹最後才過來送別，八尋便正色道謝。

「我們只是履行了契約，你不必對此感恩。」

珞瑟用公事公辦的語氣這麼說，態度一如往常。

「也對。不過，好不容易到了最後嘛，給你點福利。」

茱麗說完就輕輕踮腳，鳥啄似的吻了八尋的臉頰。

目睹這一幕的彩葉大受刺激。

「茱、茱麗？」

「這是祝你勝利的小魔法。小珞，妳也來吧。」

被雙胞胎姊姊從背後一推，路瑟走到八尋面前。

然而，路瑟在不知不覺中把手槍握到左右手裡。

「九毫米帕拉貝倫彈跟四零口徑，你覺得哪一種比較好？」

路瑟拿槍抵在八尋的左右臉頰。茱麗親吻八尋的臉頰，似乎觸怒了溺愛雙胞胎姊姊的妹妹。

「欸，等等！這可不是鬧著玩的。」

八尋由衷害怕地喊道。縱使是不死者，面門挨槍也要花相當的時間才能復原。來到這裡還因為這種無聊的理由喪失寶貴時間，可就不好笑了。

然而路瑟瞪著八尋的眼神很認真，給人不會毫無作為就退讓的印象。怕過頭的八尋不由得閉上眼睛——

下個瞬間，八尋的嘴脣就被柔軟的物體碰觸了。

「路、路瑟……？」

「剛才的吻可不便宜。所以，請你要平安回來。」

路瑟的臉頰染上了薔薇色，眼睛更不自覺地轉開。

茱麗帶著賊笑凝望這樣的八尋與路瑟，藝廊戰鬥員們則吹起口哨大肆起鬨。

於是彩葉使勁鼓起腮幫子，用莫名幽怨的眼光瞪著八尋。

# 5

就近目睹東京的冥界門，八尋發現那比以前看過的其他冥界門更雄偉，而且美麗。

鑿於地面的巨大豎坑。其表面像平靜無波的水面，散發著光澤。

宛如研磨過的黑曜石，或者照出夜色的一面鏡子。

原本就存在的冥界門應該不會像這樣產生改變。

要說的話，應該是八尋他們有所改變。妙翅院迦樓羅託付給彩葉的天帝家勾玉——那件神器，讓冥界門變成了另一副模樣。

八尋他們對於跳進漆黑的水面並不猶豫。瑠奈在事前說過，冥界門會有像這樣的變化。

八尋與彩葉手牽手，把腳踏入冥界門。

霎時間，八尋他們的視野顛倒過來了。

感覺就像世界的表與裡互相交替。透過名為冥界門的入口，八尋與彩葉名符其實地移動到世界的內側了。

踏進仍在枯朽前夕的真正幽世，孕育次世代世界龍的子宮當中——

「唔～～……」

放眼望去什麼都沒有，八尋他們踩在如夜空般漆黑的地面，然後邁出步伐。

這段期間，彩葉始終鼓著臉。

從八尋被珞瑟吻了以後，彩葉就一直不肯跟他正常講話。

然而彩葉又不肯放開八尋的手，因此八尋一點也不懂她在想什麼。

「喂，妳的心情也該調適過來了吧。她們只是在尋開心啊。」

「我不是在氣珞瑟她們。八尋，我只是不爽你色瞇瞇的。」

「什麼話啊。」

彩葉的反駁幾乎形同遷怒，讓八尋無奈地嘆了氣。

這時候，八尋忽然注意到彩葉空著的左手仍握著手機。

「妳還在直播嗎？」

「沒有啊，這裡實在收不到訊號。之後我會再剪輯成影片上傳。你有看過吧，那種去祕境拍攝廢棄村落的直播主。我想要剪輯成那樣。」

「那是直播主會受到詛咒喪命的模式吧。」

不吉利耶——八尋撇嘴嘀咕。

後來八尋他們又默默地繼續走。

不可思議的是，前進的方向沒有什麼好猶豫。該去的地方就在前面，他們不知怎地都能理解。珠依以及丹奈他們恐怕就在那裡。

「我想起最初遇見妳的那一天。」

八尋別無用意地嘀咕。

「咦？」

彩葉訝異地反問。八尋懷著有些懷念的心情瞇起眼說：

「那時候也是只有我們兩個人吧。畢竟鵺丸不在。」

「對喔，是那樣沒錯。」

「哎，這次妳不是穿土氣的運動服就還好。」

八尋看著在和音的服裝上多添了藝廊制服的彩葉，笑了笑。

彩葉略顯生氣地噘起了嘴脣。

「有什麼辦法，那時候我沒空換衣服啊。」

「把鵺丸留在車上好嗎？」

「嗯。畢竟牠是屬於瑠奈的。應該說，鵺丸以往都是跟瑠奈一起守護著我。」

「說得對。那傢伙有點像保護過度的母親。」

「對呀，比我跟瑠奈更有媽媽的感覺。」

彩葉說著就嘻嘻笑了笑。她的心情似乎在不知不覺間好轉了。

然後彩葉握著八尋的手，不安地問：

「我辦得到嗎，八尋？解開世界龍的圓環。」

「誰曉得。」

八尋不負責任地聳聳肩。彩葉側眼瞪了過來。

「什麼話嘛！就算撒謊你也應該說辦得到才對吧。」

「何苦呢，我真的不曉得啊。不過，這也沒什麼關係。就算白跑一趟，責任也不該由妳一個人擔負。何況——」

「……何況？」

「我們約定過吧。我會陪妳到最後。」

「那算是真愛告白嗎？」

彩葉滿懷謎樣的自信反問。自我肯定感一向超高的她就是會這樣回應。

八尋爽快地對她的疑問點頭說：

「算啊。」

「咦……咦咦！」

八尋的回應出乎意料，讓彩葉莫名地慌張失措。

「等、等一下。再一遍！剛才鏡頭沒有拍到，我們重來！」

「何必呢。知道妳要錄影記錄，我就不可能講了吧。」

「咦咦咦……為什麼這樣嘛……」

彩葉像小孩一樣開始耍賴。明明是攸關世界毀滅的節骨眼，還真是本性不移——如此心想的八尋露出苦笑。

於是——

「我沒想到還會跟你們見面呢～」

停下腳步的八尋與彩葉耳邊傳來悠哉的說話聲。

在幽世平靜如湖面的地上長著一棵樹。高度頂多十公尺左右，並不算多醒目的大樹。不過，那無疑跟八尋他們在妙翅院領看過的世界樹屬於同一種類。

那棵年輕世界樹的根部有人影在——氣質文靜的年輕女子。當然，在她身邊有身負大劍的青年身影。

「丹奈小姐……」

「你們真的追過來了呢，令人意外。對此我會坦然給予讚賞喔～老實講，要我歡迎就做不到了～～」

丹奈看著八尋他們並露出苦笑。

略顯肅殺的氣息，並不符她一向豁達的作風。不過，在願望只差一小步就能實現時受到了干擾，感覺會有那種反應也是無可厚非。

「珠依在哪裡？」

八尋無視丹奈帶刺的態度問道。

丹奈默默指了世界樹根部。

在那裡有珠依像胎兒一樣蜷縮身體沉睡的身影。

裝飾華貴的禮服以及纖瘦身軀，都與八尋記憶中的珠依相同。然而，其輪廓並不是她本來的模樣。

長出鉤爪的手，還有細長頸根。龍人化症狀加重了。

「你記得我們的約定吧？」

丹奈望著八尋的眼睛問道。

「妳會協助我殺珠依，對嗎？」

「是的。我履行了約定。」

「結果就是讓她龍人化？」

「我對她懷有感謝喔。為了打開連接新幽世的通路，她相當勉強自己呢。即使借助神器草薙劍的力量，也無法避免龍人化——」

丹奈同情般望著沉睡不醒的珠依，然後冷冷微笑。

「為什麼……要做這種事……？」

彩葉用發抖的聲音低喃。丹奈訝異地眨眼說：

「不是妳害的嗎～～彩葉？」

「咦？」

「妳從珠依身邊搶走了八尋小弟喔。失去了作為龍之器皿的不死者，如今她要使用地龍之力，不就只能讓自身化為龍了嗎～～」

丹奈的指謫讓彩葉說不出話。

八尋使用力握住彩葉的手。

某方面來看，丹奈這些話是正確的。不過，在根本上有錯誤的地方。

彩葉讓八尋逃離珠依的支配固然是事實，然而那並不能說明珠依為何要動用力量。

「妳利用珠依是打算做什麼，丹奈小姐？」

「回答問題之前，可不可以也讓我問一句～～？」

丹奈說著就把目光轉向彩葉。

「儘奈彩葉，妳來這裡是打算許下什麼願望呢？妳不過是個內在空虛的幼兒，就算可以描繪出心目中的理想世界，又能維持多久？」

「閉嘴……」

「等一下，八尋！」

彩葉制止發怒的八尋，並且悍然朝丹奈瞪了回去。

「沒關係。丹奈小姐說得對，我是沒有前世記憶的空洞容器，所以根本不懂理想的世界。更不懂什麼是對的，什麼是錯的。」

「既然如此～能不能請妳別來攪局呢～～？」

「不行，我做不到，我沒辦法創造理想的世界。不對。那種事，肯定任誰都無法辦到。丹奈小姐，縱使是妳也一樣。」

「可是，非得有人做才行喔。」

「不對，不是非得有人做，要大家一起合力。」

彩葉用堅定不移的口吻斷言。

「我的願望只有一個——將世界龍的連接權下放給世界上的所有人，由全體人類一點一點地讓世界龍實現心願。由大家內在的意志來創造真正想要的世界。」

「妳打算用全人類願望的平均值來創造世界嗎～～……難不成，妳以為那樣的想法能順利達成……？」

丹奈傻眼似的反問，彩葉則笑著聳聳肩。

讓世界龍的迴圈終結——

為此彩葉做出的結論，就是解放世界龍。不單靠一名獻祭的巫女，而是讓全人類都使用世界龍來實現願望。

「假如那沒辦法順利達成，代表人類就只是如此的存在罷了。因為我們每一個人都該對世界的樣貌負起責任。」

「所以為了創造理想世界，全世界的人類都非得努力不可嘍～～……我想不出那樣的主意呢。這樣的話，或許獻祭巫女確實就不用獨自磨耗靈魂了，說不定連重啟這個世界都不必了呢。」

「丹奈小姐！既然如此……！」

「可是～～我所期望的世界並不是那副樣貌耶～～畢竟如果是那樣，不就什麼都沒有釐清嗎～～？」

彩葉充滿期待的呼喚被丹奈斷然駁斥。

「釐清……？」

「沒有錯。這個冥界的外側是什麼模樣？名為世界龍的系統究竟是由誰創造的？破壞那套系統的話，究竟會發生什麼？我希望釐清那些～～」

「那……就是妳的願望嗎，丹奈小姐？」

如此而已嗎——八尋用責備的眼神望向丹奈。她只是想要理解。求知慾，純粹想知道的欲望。丹奈只為這一點行動。

之前丹奈自己就談過那些想法，她自稱是比誰都罪孽深重的龍之巫女。對知識的渴望沒有盡頭，為了滿足好奇心，人可以付出任何犧牲，這是她的見解。就算知道必然有破滅等在前頭也一樣——

「是的。為此，我會將世界龍納入手裡，然後走出冥界。」

「妳要到冥界外頭……？」

彩葉露出啞口無言的表情。丹奈想要用世界龍當移動的手段，以便到連是否存在都不確定的「外側」。

「那麼，被遺留下來的冥界會變得如何呢？」

「失去可倚靠的大地，世界應該就只能毀滅了吧。」

丹奈用滿不在乎的語氣說道，彷彿她對那種事毫無興趣。

「破壞這個世界——就這一點而言，我跟鳴澤珠依的利害關係是一致的喔～～」

# 6

待在丹奈身旁的湊久樹拔出了身後揹著的大劍。

從中表達的，是繼續對話也沒有意義。

「這樣啊。原來艾德那傢伙說的，是這個意思……」

八尋深深地吐氣，並且移動到可以保護彩葉的位置。

丹奈的心願非得將世界龍納入手裡才能實現──艾德是這麼說的。假如八尋他們想要破壞世界龍，最後必然會跟她廝殺，就這麼回事──

「湊，你同意那樣嗎？」

八尋朝著將兜帽深戴於眼前的久樹問道。

以現在的冥界做交換，藉此到所謂的「外側」。受制於求知慾的丹奈也就罷了，感覺那麼做並無法實現久樹的願望。

「我有必須回去的地方。」

先前都保持沉默的久樹舉起大劍，並且開口。

彩葉聽了他簡短的回答，因而警覺地瞠目。

「久樹，難道說，你也有前世的記憶？」

「……對。假如有可能脫離這個虛假的冥界，讓我回到那個地方，為此我可以犯下任何罪，就算是你們也別想攪局。」

久樹用絕情的語氣說道。

八尋握刀的手在顫抖。久樹說自己必須回去的地方，是存在於他前世記憶的世界。那應該就是雅稱為現世的世界。

世界龍是從「外側」的世界將龍之巫女的靈魂召喚過來。表示它擁有從冥界這邊與「外側」連接的能力。

倘若如此，就算世界龍本身具備橫越世界的能力也不足為奇。

讓自己成為世界龍，藉此回到前世的世界。久樹想賭的是那樣的可能性，無論那是多麼渺小的可能性都一樣。

「雖然我只是在利用久樹小弟～～但我們算彼此彼此喔。久樹小弟早就接納了這些，才與我合作的。」

在丹奈把話說完以前，她已將龍氣注入久樹體內。從久樹全身噴出的鮮血形成了優美的淡紫色鎧甲。

鮮血鎧甲，血纏。

將其展開的久樹掀起了兜帽，從兜帽底下現出的則是龍之眼。

「八尋！久樹他……！」

「嗯。看來沒空慢悠悠地說服他們了。」

八尋咬牙作響。

久樹已經開始化身為龍。他打算就這樣將自己的肉體轉化成新世界龍。

「你想要妨礙久樹小弟，然後自己成為世界龍嗎～～？聽起來還真是自私呢。明明你拒絕為珠依變成龍，還拋棄了她～～」

八尋也跟著展開自己的深紅血纏，丹奈就用鬧脾氣的口吻責怪他。

「自私是嗎？我很榮幸被妳說成那樣！」

八尋說完就拔了刀。

該打倒的對手不是久樹，而是丹奈。不死者之間的廝殺沒有終點。要阻止久樹龍化就非得殺了身為龍之巫女的她。

「別來妨礙我們，鳴澤！」

「你讓開，湊！」

身纏爆焰加速的八尋被久樹從正面迎擊。

說來是早就明白的事，久樹實力高強。彩葉解開封印後，力量理應有所提升的八尋才跟他打成平手。多了龍化優勢的久樹甚至占得到上風。

久樹的神蝕能——物質沼化的權能，可以靠八尋的淨化之焰無效化。另一方面，八尋的火焰也受到久樹的「沼」之力——掌控領域本身的能力阻礙而碰不到對方。

之後只能單純靠雙方的力量相互較量而已。

「八尋……！」

彩葉發出尖叫般的聲音。

持續釋出龐大的神蝕能，使得八尋的肉體也開始出現變化了。肉體肥大化，全身的鎧甲變為鱗片。龍化症狀正在加深。

「不要留手，彩葉！」

「我知道。因為我相信你！」

彩葉露出沉痛臉色，祈禱似的交握雙手。

從她身上流入的龍氣增強，讓八尋在刀劍互拚時能從龍化較深的久樹手中扳回一成。

「是否要終結這個世界，不是妳一個人能決定的！假如妳真心想了解冥界外頭的狀況，就該先說服全世界的人才對！」

八尋一面與久樹繼續以兵器角力，一面朝丹奈喊道。

「所以你想用那種方式，由人類的公意來決定要不要毀滅世界嗎～～？」

丹奈傻眼似的反駁。

「沒用的喔～～與其由不負責任的群眾採取多數決，有能力的獨裁者更能帶來出色的結果，這是歷史證明過的。到頭來你們只是在逃避扛起這個世界，不肯做出覺悟。」

「逃避現實又不肯正視的，應該是你們吧！」

八尋將噴湧的火焰纏上刀身，並且向久樹重劈。半透明的鱗片碎散，讓久樹痛苦得表情扭曲。

「醒醒，湊！就算摧毀了冥界，你也無法回到前世。無論這地方有多麼讓人絕望，我們也只能活在這個現實！」

久樹與八尋形影交疊，停下了動作。

他以劍砍進八尋的左肩，八尋的刀則深深插入久樹胸口。

「你……懂些什麼！」

咳——久樹一邊從喉嚨吐出血塊一邊呻吟。

「什麼！」

「你會那樣想，是因為有家人與所愛的人在這個冥界。連家人都想殺的你，怎麼會懂我的心願……！」

久樹的龍氣加重壓力，他的肉體一舉膨脹起來。

刀身傳來的手感忽然消失，導致八尋陣腳大亂。穿透物質，沼龍的另一項權能。

「八尋！」

「糟……！」

久樹穿過八尋的肉體，繞到他身後。

久樹真正的目標是彩葉，攻勢剛被無效化的八尋追不上他。而且毫無防備地站著的彩葉並無手段能防禦久樹的攻擊。

「彩葉！」

半已龍人化的久樹高舉大劍，朝彩葉揮下——彩葉目不轉睛地瞪著他，而在彩葉的視野當中，久樹忽然停下動作了。

包覆久樹全身的鱗片都像脆弱的玻璃一樣碎散。

乏力的他承受不住劍的重量，當場單膝跪下。

久樹的龍人化遭到解除，忽然失去了身為不死者的能力。

八尋與彩葉茫然地望著他那副模樣。他們不明白發生了什麼。於是——

在八尋他們背後，傳出了有東西倒下的聲音。

雙膝觸地當場坐下來的，是丹奈。

從她的胸口中央穿出了一道刀刃。

帶著妖異光彩的銀色直刀。

「啊～～……我沒有預料到這招呢～～……挑這個時候出手嗎～～……」

丹奈緩緩地回了頭。

俯望她的人，是個將純白秀髮留長的紅眼少女。是珠依。

理應沉睡著的珠依醒來，並且用草薙劍從背後捅了丹奈。

「丹奈————！」

目睹丹奈受創，久樹喊了出來。

「妳別碰那個人！」

久樹撿起脫手的大劍，直接以人類的樣態砍向珠依。

然而，其身手慢到絕望的地步。身為龍之巫女的丹奈被神器貫穿，供與久樹的龍氣隨之停止。久樹此刻並沒有不死者之力。

隨後，珠依伸出龍化的右臂，隨手攆開了朝自己殺來的久樹。

久樹遭巨大鉤爪深深撕裂，殘軀就這麼飛了出去。

八尋毫不吭聲地望著那一幕。

「你來了呢，哥哥。」

珠依一邊舔起鮮血濡濕的右手鉤爪，一邊陶醉地微笑。

「珠依……！」

八尋瞪著嘴唇像抹上胭脂染紅的妹妹，喚了她的名字。

珠依回望八尋，幸福似的瞇起眼睛。

## 7

「你不覺得滑稽嗎，哥哥？」

珠依環顧除了一棵大樹之外什麼都沒有的空虛大地，靜靜地開口說道。

「由統合體製造的人工龍之巫女，以及根本沒有被生到世上的嬰兒——在最後決定世界命運的人，雙方居然都是如此空洞的傀儡。對虛假的世界來說，或許這樣的結局正合適。」

珠依嘲弄般笑著從指尖放出了青白色電光。

朝彩葉伸去的電光被八尋持刀劈落。

哎呀，真遺憾——珠依看似覺得無趣地嘀咕。她好像只是想對彩葉使壞。

「這種權能……是妳從投刀塚身上搶來的龍因子之力嗎……」

八尋重新舉刀備戰，並且面向珠依。目前珠依身為龍之巫女的力量幾乎蕩然無存。她得借用投刀塚的權能或神器草薙劍的力量才能戰鬥，就是證據。

然而，對珠依來說，那應該都是旁支末節。

她並不是為了與八尋戰鬥而待在這裡。她的心願是破壞全世界，向不肯接納自己的世界復仇。

「這是最後的機會，哥哥。跟我合而為一吧。世界逐漸毀滅的景象，我會讓你坐在特等席看到最後。」

珠依將保有人樣的左手朝八尋伸來。那是要八尋接受她的力量，成為替她實現心願的世界龍。

「住手，珠依。」

八尋拒絕她的心願。他沒辦法接納珠依的邀約。並不是因為八尋恨她，破壞全世界並不是八尋的心願。

「統合體的強硬派——想利用妳的那些傢伙已經不在了。妳沒有理由摧毀世界。」

「要理由的話，我有啊。」

你還不懂嗎——珠依冷笑。

「畢竟，這樣做不是很開心嗎？」

「妳說……開心？」

「對。無論是人類付出人生獲取的幸福，或者是花費長久歲月累積的歷史及文化，一切都會消失，不會留在任何人的記憶裡。」

珠依張口大笑。她原本美麗的臉已經變成異形，下巴內側長出了成排銳利的尖牙。

「我會毀掉那一切。不被任何人所愛，什麼也得不到的我，將從這世界奪走一切！還有跟這一樣令人開心的事嗎……？感覺這世界真是活該！」

高亢笑聲迴盪於空虛的世界。原本靜如水面的大地，在她腳下裂開了。樣似黑曜石的碎片灑落，漆黑的鏡子從底下出現。

「我是因為恨這個世界，才要毀了它。哥哥不肯成為我的人，像這樣的世界，乾脆不留痕跡地統統毀滅算了！」

「珠依……！」

八尋全身感受到驚人重壓，當場不支倒地。

感覺像是被眼睛看不見的巨大岩石壓住了全身。其龐大重量更勝尼森的斥力屏障。重力攻擊，地龍真正的權能。

「那面鏡子……難道說，那也是遺存寶器？」

「對。這是四年前統合體帶來此地的神器。在這面鏡子上，刻著我尚未被剝奪力量時，真正屬於我的神蝕能。」

總算取回原本的權能，讓珠依露出了陶醉的表情。

之前珠依的力量會變得衰弱，並不只是因為龍因子被彩葉的火焰焚滅。

四年前珠依造出的這道冥界門始終開著，從未關閉。那是身為神器的漆黑靈鏡不停從她身上吸取龍氣所致。

得到那面鏡子，讓珠依取回了力量。

憑現在的珠依，恐怕自己一個人也能到達世界龍的境地。她並不需要不死者。因為珠依的心願只有破壞全世界，她不需要維護自己創造的世界。

「令人遺憾呢，哥哥。當時你要是肯接納我的力量，現在就可以感受這股力量……！」

珠依釋出的重力威力加劇，使得八尋全身的骨骼嘎吱作響。

「八尋！」

彩葉準備放出火焰。她想用淨化之焰消去珠依的權能。

「儘奈彩葉！空洞的傀儡別來干擾我！」

珠依察覺後便操控重力，將大地的碎片像子彈一樣射了出去。

樣似黑曜石的銳利碎片朝彩葉殺來。

但是，在那些碎片貫穿彩葉的前一刻，探出的大劍成為護盾保護了她。

「湊？」

仍被壓在地上的八尋驚呼。

軀體受重傷的久樹保護了彩葉。

「——闇靇……沼矛！」

久樹將大劍插到地面。他支配的「沼」之領域擴散開來，吞沒了八尋他們的腳邊。從作為觸媒的漆黑大地切離後，珠依的權能失去效果，八尋便從重力攻擊獲得解脫。

「久樹？為什麼……」

你怎麼會救了我們？彩葉問道。

久樹什麼也沒有回答，只是看向依舊坐在地上的丹奈。那樣的態度，彷彿在無言中表露出「因為她希望我這麼做」。

「丹奈小姐……妳的身體……？」

八尋的表情因震驚而扭曲。

遭草薙劍貫穿的丹奈並沒有流血。相對地，從她身體流落了樣似鱗片的半透明結晶。

跟雅的右眼一樣，屬於無法回復的龍人化。以症狀而言，應該比雅更嚴重。恐怕連性命都不保——

「啊～～……露餡了呢。這是實驗的結果。為研究龍之巫女的權能，我做了許多勉強自己的事。」

啊哈哈哈哈──丹奈柔柔地笑了笑。八尋茫然搖頭。

「湊，你會協助丹奈小姐……其實是為了救丹奈小姐的命……？」

「……身為死者的我，回不了那個世界……這我起碼還是知道的。」

久樹辯解的口吻像個挨罵的小孩。

八尋覺得自己第一次看到了他的真面目。

「但即使如此，我還是希望相信丹奈說的話……」

久樹喘著氣跪到地上。他的不死者之力並未完全回復，因為身為龍之巫女的丹奈即將殞命。

「我們的權能就交給你保管嘍……畢竟毫無意義地摧毀世界，根本就沒有意思，彩葉想創造的世界還比較有趣呢。」

丹奈把手湊到草薙劍的劍身，硬是拔了出來。接著她將手放到傷口上，從中挖出一小塊如心臟般的物體──樣似寶石的紅色結晶。

久樹從丹奈手中接下那塊結晶，然後遞給八尋。

「雖然我真的想看看冥界外頭的模樣～～……好遺憾。」

丹奈像純真孩童一樣這麼說完，就靜靜地閉了眼睛。

她的身體在久樹的臂彎中，像沙一樣地崩然瓦解，久樹遲了些許也走向相同命運。只剩久樹的大劍仍插在地面上。

「——滿足了嗎，哥哥？」

珠依用冷漠的語氣說道。

她望著丹奈他們留下的透明結晶，眼裡毫無感情。

「沼龍的遺存寶器……就算取得那種東西，難道你覺得事到如今還能改變什麼？」

「……會有改變的。」

彩葉回答了珠依的質疑。

她在眼裡蘊藏著近似火焰的光彩，並且靜靜地瞪向珠依。

「妳沒有發現嗎，珠依？妳聽不見這陣聲音？」

「……聲音？」

珠依頓時不快地蹙眉。她反射性地想否定彩葉說的話，卻什麼也沒說就沉默下來。因為她也注意到那陣聲音了。

「沒錯。這是全世界……幾億人在祈禱的聲音。在我的弟妹們上傳影片以後，來自觀看者的心聲。瑠奈——天龍巫女將那些送到了這裡。」

彩葉的視線沒有敵意。她只是毫無防備地站著。

明明如此，珠依卻對彩葉生畏似的在無意識間後退一步。

「大家都在支持我跟八尋，他們希望拯救世界。我問妳，妳覺得自己現在使用的那些龍之力，究竟是從哪裡來的？」

「該不會……」

「我認為人類與龍是有共生關係的。世界龍保護冥界這個供眾人靈魂生活的沙盒，而人類的感情賦予世界龍力量。無論妳收集到再多神器，無論地龍的力量再怎麼強大，孤單的妳仍然贏不過我們喔。」

「明明沒有任何根據，好大的自信呢……妳是白痴嗎！」

珠依情緒化地回嘴。彩葉則微笑著搖頭。

「我有根據喔。妳自己應該比誰都清楚才對。流入我們這裡的龍之力正逐漸變強，妳發現了吧？」

「夠了……妳閉嘴……！」

珠依再次射出大地的碎片。

然而，那波攻擊沒有觸及彩葉。彷彿被轉化成了幻影，碎片穿過彩葉而未傷到她。

「沼龍的權能……物質穿透……！那麼，我換這招……！」

珠依釋出從投刀塚奪來的雷擊。然而，她的雷擊卻被無聲無息地從地面穿出的金屬結晶刃攔截了。

「連山龍的權能都……為什麼……！」

「我說過啊，大家都在支持我們。改變世界的，並不是單單一個龍之巫女的願望。是世界選擇了龍之巫女。」

「怎麼會……我……我才不可能認同有那種事……！」

珠依氣急敗壞地搖頭。

然而，如今圍繞彩葉的龍氣已經龐大得藏也藏不住了。

水龍、風龍還有雷龍，甚至地龍之力，都為了保護彩葉而掀湧著。

八龍權能本就生自太極，全都是源於同一處的力量。

「但是，儘奈彩葉！只要沒有妳，只要沒有妳這個人……！」

珠依撿起銳利如刀的大地碎片，並且拔腿衝出。她打算用那塊碎片的尖銳處刺殺彩葉。

八尋擋到珠依面前。

他讓碎片的尖端捅進自己的腹部，並把她抱住。

「哥哥？」

珠依訝異地瞠目。因為八尋用溫柔的眼神低頭望著她。

「夠了……已經夠了。復仇的時刻，都結束了……珠依。」

八尋不顧從傷口流出的鮮血，帶著微笑抱緊珠依。

八尋與珠依原本是一對要好的兄妹。然而，妹妹在出生下來的瞬間就被眾多大人的盤算牽著走，而哥哥沒能發現她有那樣的苦惱。

就算能回到過去，命運恐怕仍改變不了。

然而，可以終結命運。這是只有八尋做得到的事。

「焚滅這一切，火龍。」

摟著珠依的八尋讓自己化身為龍。

化身為焚滅一切的焰龍。

那道光輝點燃了世界樹，廣闊的幽世不久便被淨化之焰完全籠罩。

爾後，世界再次運轉——

「掰掰，絢穗。打工加油。」

「嗯，謝謝。明天見。」

佐生絢穗被穿著同樣制服的朋友們目送，走下了電車。

山手線有樂町車站。巧的是，那裡正好在過去的冥界門所在地附近，名為搖光星的裝甲列車最後抵達之處。

從那道冥界門消失後，就快要經過三年了。

魍獸消失身影，理應滅絕的日本人當中，有幾成以失去四年份記憶的狀態復活了。但是，世界發生的變化也就如此而已。

毀壞的建築及道路沒有復原，死去的人類也沒有復生。

人類間的爭鬥當然也沒有消失。今日的世界仍然有某處正在發生慘痛事件及戰爭，許多人因而喪命。在這個世界生活的人們其實早就是亡者——這樣的傳聞始終沒人能分辨真偽。

即使如此，世界於今日依舊存續著而未終結。

唯有這點是可以確定的。

那一天進入冥界門的八尋與彩葉，並沒有回到這個世界。

那是從最初就明白的事。

他們要拯救世界，就表示八尋會變成新的世界龍。而且彩葉將成為獻祭巫女，與他相伴相依，祈禱至永遠才對。

就算世界免於毀滅，仍再也回不到這個世界。他們都理解這一點才前往冥界門的。

萬一彩葉他們的心願實現了，這個世界就不會有新的龍之巫女出現。

八尋將成為最後的世界龍，孕育出絕對不會終結的世界。

要知道計畫有沒有成功，大概會是幾百年後的事吧。絢穗沒辦法見證這一點，對此她有點遺憾。

「我回來了。」

保全系統解除後，絢穗從後門走進店裡。

位於銀座暗巷的小小畫廊——那就是絢穗打工的地方。

店的名稱叫「比利士藝廊」。主要經銷藝品、骨董及刀劍等，算是相對正派的畫廊。

畫廊裡附設咖啡廳，說起來好像那一邊比較有利潤。絢穗的工作則是咖啡廳店員。

由於她是從開張時就在的老班底，最近被後進仰賴的情況也變多了。對本就內向的絢穗來說，這是頗有壓力的事實。

絢穗走進更衣室，換下了就讀的高中制服。

大殺戮過後四年間的混亂，使得絢穗幾乎沒有讀到國中。於日本人復活時趁亂編入高中倒是簡單，但她一開始在學業上吃了不少苦頭。即使如此，絢穗能設法跟上課程，是因為有一群熱情的民營軍事企業戰鬥員當過她的短期家教。

多虧跟他們學過基礎，絢穗大致掌握到進修的訣竅，成績也立刻有了起色。如今她完全是優等生之一了。

以畫廊附設的咖啡廳來說，店員制服的款式有些招搖。

裙襬偏短，荷葉邊與緞帶之類的裝飾也不少。感覺胸部尺寸也經過格外強調。大概是雙胞胎店主的喜好吧。

換成彩葉，肯定會中意這套制服，並表示自己也想穿才對。眼裡浮現她那副模樣，讓絢穗呵呵笑著放鬆了嘴角。

鏡子裡映著已經長到十七歲的絢穗。

跟最後別離時的彩葉及八尋同歲數。

學彩葉留長的頭髮，如今已經完全看慣了。

儘管妹妹凜花總吵著要她把髮色染得明亮點，但由於校規禁止染髮，絢穗就還不敢踏出那一步。

況且，絢穗並不是想要變得跟彩葉一模一樣。她只是希望能感受跟姊姊之間的寶貴羈絆，因此這樣的距離感剛剛好——她心想。

打開窗戶，便看見東京復興中的景象。

就算日本人復活了，並不代表一切都會跟著恢復原狀。

生活基礎建設與經濟都亂七八糟，名為日本的國家被迫從零重新出發。多國籍軍隊大多仍駐留於日本的主要城市，據說要求他們撤軍的談判難有進展。即使如此，絢穗仍感覺生活正逐漸改善。

諸如薩拉斯財團、諾亞運輸科技以及民營軍事企業連合會，願意支援日本的企業絕不算少。

據說絢穗就讀的高中也是由他們協助經營。

「我來遲了。那我立刻到外場嘍。」

換完衣服的絢穗走進咖啡廳內。

「謝謝，幫了大忙。」

待在廚房的申先生與其他熟面孔班底都用笑容回應絢穗。

地方不大的店內擠滿了平時的常客。待在窗邊聒噪的那些女客人，應該都是衝著服務生魏洋而來的貴婦。畫廊那邊則有衝著帕歐菈上門的男客人，還可以看見喬許能言善道地賣起骨董的身影。

冥界門消滅後，統合體經過漸次分裂，似乎就瓦解了。以強硬派為中心的特遣部隊幾乎折損殆盡，又失去了原本準備的龍之巫女，某方面來說算是理所當然的歸結。

茱麗與珞瑟回到歐洲總部，完全掌握了比利士藝廊的經營權。她們倆將眾多老幹部肅清，讓藝廊轉型為「普通的軍火商」。

由於世上戰爭的火種源源不絕，聽說藝廊的獲利遠比加入統合體時要高。

另一方面，完成復仇大業的遠東分部就此解散，有許多戰鬥員從藝廊離去。他們都告別了打打殺殺的業界。

位於銀座的這座小畫廊，據說就是供那些戰鬥員重新就業的地方。珞瑟塔．比利士表示她們經營的絕非慈善事業，絢穗卻覺得難說。或許是因為絢穗早就發現她本質上是個溫柔的人，才更有這樣的觀感吧。

「絢穗小妹，妳來一下。」

坐在店外露天座的瘦小常客態度熟稔地朝絢穗喚道。

穿著華麗花襯衫的白髮老人。他是在附近經營古怪雜貨店的老闆。

他旁邊坐了一個十歲左右的嬌小少女，少女腳邊有毛色純白似狗的動物。瑠奈與鵺丸。

原本無依無靠的絢穗與弟妹們都有了監護人，就是這名老人——艾德華．瓦倫傑勒。

「歡迎光臨，艾德先生。今天不是照老樣子嗎？」

絢穗用對待親人的輕鬆態度朝老人搭話。

「呃，麻煩照老樣子，給我墨式咖啡。附上會讓咖啡變好喝的小魔法。」

「我們店裡沒有那種服務耶。」

絢穗苦笑著一邊應付老人的要求，一邊驀地將目光停留在桌面。

疑似是艾德帶來的最新款智慧型手機就放在那裡。她第一次目睹這個老人隨身攜帶電子機器。

「絢穗小妹，我叫妳來就是想讓妳看看這個。」

老人操作手機，開啟了影片分享平台的軟體。

播放清單上顯示著縮圖，那是某個眼熟的直播主。戴著獸耳假髮，身穿巫女風格的華麗服裝，五官清秀的女直播主。

「不會吧……怎麼可能……」

絢穗訝異地捂嘴。她連原本夾在腋下的菜單掉到地上都沒發現，只是愣愣地杵著不動。

如今，伊呂波和音的影片根本一點都不稀奇。從三年前的那一天過後，網路上替她剪輯精華的短片像山一樣多。

但是，唯有那部影片不同。

因為那部影片裡的彩葉穿著絢穗不認識的服裝。

伊呂波和音的服裝從最初的試作品到最後一套，全都是絢穗親手縫製，不可能會有絢穗認不出來的服裝。假如有穿那種服裝的影片，表示那就是彩葉跟絢穗分開以後才拍攝的。

換句話說，那是她從冥界門回來後的影片。

『嗚汪～～！大家好，我是伊呂波和音！好久不見！是我喔～～！』

畫面中的彩葉用與三年前完全一樣的調調說話。她的臉大概有變得成熟一點，還是完全沒變呢？絢穗分不清楚。

『絢穗！凜花！蓮！穗香、京太、希理！還有瑠奈跟鵺丸！藝廊的大家也都看到了嗎～～？』

彩葉突然朝全世界呼喚弟妹們的本名，負責掌鏡與照明的某個人連忙制止。那時候聽見的一聲「白痴」，讓絢穗懷念得濕了眼眶。

『雖然花了一點時間才回來，但是，「我們」都在這裡喔！』

妳說的這裡是哪裡啊——絢穗一邊在內心吐槽，一邊擦去眼淚。

猛一看，藝廊的成員都聚集到絢穗身邊，有的互相擊掌，有的舉拳向天。

理應被困在幽世的彩葉他們，不知道為什麼回來了。

可是，彩葉跟他回來絢穗等人身邊的那一天肯定並不遠。

就算這個世界不過是虛假的幻象。

在這裡，依然有她最重要的家人——

如此篤定的絢穗仰望天空。

仰望龍已從世上消失的藍天。

# 後記

就這樣，已向各位奉上《虛位王權》第5集。

由於正篇不停有謎底勢如怒濤地解開，感覺無論在後記寫什麼都會透露劇情，總之能順利將故事送上實在太好了，真的。

這個世界有不死者及魍獸存在的意義；珠依的祕密；彩葉並沒有記憶的理由等等——心想自己沒向各位讀者交代清楚是絕對不能死的，所以一直繃緊神經，寫完後便鬆了一口氣。或許聽來有誇大之嫌，但這是在世界規模的疫情告急時寫出的作品，更讓我有這種感覺。唉，就算伏筆都回收完畢，我也沒有就此撒手人寰的意思，還是會繼續努力做好健康管理。

這一集讓我個人留下印象的應該是絢穗的存在。基於劇情發展，我在初期階段是有想過她或許會喪命，因此她能成長為足以擔綱尾聲的角色，我個人覺得是值得欣慰的失算。

另外當然就是身為女主角的彩葉。她屬於以往我沒有描寫過的女主角類型，每一次都讓我感到新鮮有趣。這集的直播主挑戰算是歌回與線下連動吧。實際上，彩葉的線下連動感覺會很鬧，我想絕對有意思。

那麼，雖然發生過許多事，這次後記營造出了類似最後一集的氣氛，但令人萬分感激的是編輯部表示「可以寫後續喔」，因此《虛位王權》的故事還會持續一陣子。

另外，由うがつまつき老師作畫的《虛位王權》漫畫版也正在《電擊ＭＡＯ》連載。漫畫第一集已經上市了，還請各位多多關照。

另外，我的新作《ソード・オブ・スタリオン》與這集在同一個時間點也跟著上市了。這是有騎士、皇女、龍與巨大機器人出現的異世界奇幻作品，我個人寫得相當開心，也請各位務必看看。

來到最後，負責繪製插畫的深遊老師，感謝您總是提供精美畫作。靠文章無法完全呈現的世界觀得以華麗重現，每次都讓我深受感動。

還有參與製作／發行本書的相關人士，我也要由衷感謝你們。

對於讀完本書的各位讀者，我當然也要致上最高的感謝。

那麼，但願我們還能在下一集相會。

三雲岳斗

[illegible]

究竟是誰打開的？

[illegible]

欺負我們的員工，可別以為能輕易了事喔。

06

龍之新娘

# 虛位王權

THE HOLLOW REGALIA

敬 請 期 待

# 鳴澤八尋

Narusawa Yahiro

## 不死者

DATA

| | | | |
|---|---|---|---|
| 年齡 | 17 | 生日 | 8/16 |
| 身高 | 176cm | | |
| 特徵 | 黑髮黑眼、體重 61kg | | |
| 專長 | 劍道（一級） | | |
| 喜歡 | 烤雞肉串、觀賞電影 | | |

SUMMARY

淋了龍血成為不死者的少年，為數稀少的日本人倖存者。獨自以「拾荒人」身分將古董及藝術品從隔離地帶「二十三區」搬運出來，謀生至今。一直在尋找於大殺戮失蹤的妹妹鳴澤珠依。

CONFIDENTIAL

# 儘奈彩葉
Mamana Iroha

## 使役魍獸的少女

DATA

| 年齡 | 17 | 生日 | 7/21（暫定） |
|---|---|---|---|
| 身高 | 161cm | | |
| 特徵 | 褐髮褐眼、大於 F 罩杯 | | |
| 專長 | 開台直播、COSPLAY | | |
| 喜歡 | 銅鑼燒、家人 | | |
| 討厭 | 咖啡、數學 | | |

SUMMARY

於隔離地帶「二十三區」中央存活下來的日本少女，在倒塌的東京巨蛋故址與七名弟妹一起生活。感情豐富且容易落淚。擁有支配魍獸的特殊能力，因此被民營軍事公司盯上。

# 伊呂波和音
Iroha Waon

## 直播主

| 年齡 | 17000 歲 | 生日 | 7/21 | 身高 | 與十五顆蘋果同高 |
|---|---|---|---|---|---|
| 特徵 | 銀髮、綠眼、獸耳、尾巴 | | | | |

在海外影片分享網站用日文進行現場直播的COSPLAY直播主。聲音與外表固然可愛，但影片本身並不算多有趣，播放次數遲遲沒有起色。即使如此，她會持續開台直播好像是有某種理由……

# 茱麗葉・比利士

Giulietta Berith

| 年齡 | 16 | 生日 | 6/13 |
|---|---|---|---|
| 身高 | 157cm | | |
| 特徵 | 挑染的橘色頭髮、E 罩杯 | | |
| 專長 | 全般格鬥技 | | |
| 喜歡 | 水果、藝術鑑賞 | | |
| 討厭 | 軟軟的東西、噁心的東西 | | |

軍火商比利士藝廊的營運長，珞瑟塔的雙胞胎姊姊。中裔東方人，但目前將國籍設於比利士侯爵家根據地所在的比利時。擁有超乎常人的體能，在肉搏戰足以壓倒身為不死者的八尋。性格具親和力，受眾多部下仰慕。

# 珞瑟塔・比利士

Rosetta Berith

| 年齡 | 16 | 生日 | 6/13 |
|---|---|---|---|
| 身高 | 157cm | | |
| 特徵 | 挑染的藍色頭髮、不滿 A 罩杯 | | |
| 專長 | 狙擊 | | |
| 喜歡 | 紅茶、閱讀 | | |
| 討厭 | 酒、恐怖片 | | |

軍火商比利士藝廊的營運長，茱麗葉的雙胞胎妹妹。擁有超乎常人的體能，操控槍械尤有天賦。與姊姊呈對比，個性沉著冷靜，幾乎不會表露感情。大多負責部隊的作戰指揮。溺愛姊姊茱麗葉。

CONFIDENTIAL

## 優西比兀・比利士

Eusebius Berith

| 年齡 | 46 | 生日 | 2/26 |
|---|---|---|---|
| 身高 | 185cm | | |

比利士侯爵家的現任當家，也是比利士藝廊的最高經營負責人。在統合體內的地位絕不算高，卻靠著藝廊遠東分部的工作成效，發言的影響力日漸增長，變得足以領導被稱作強硬派的派系。他本身也是透過基因操作而誕生的調整體，具備比常人傑出的知性與體能。

## 希瑞爾・基斯蘭

Cyrille Ghislain

| 年齡 | 52 | 生日 | 9/13 |
|---|---|---|---|
| 身高 | 176cm | | |

侍奉比利士侯爵家的管家。特種部隊出身的前軍人，負責護衛優西比兀，同時也擔任比利士藝廊民營軍事部門的總指揮。擅長偷襲與算計，被知道這一點的珞瑟她們提防。

# 妙翅院迦樓羅

**Myoujiin Karura**

| 年齡 | 20 | 生日 | 7/5 |
| --- | --- | --- | --- |
| 身高 | 162cm | | |

身為天帝家直系妙翅院家長女，被視為下任天帝人選之一。為人親切爽朗，要看透她的心思卻不容易。擁有天帝家相傳的深紅勾玉寶器。

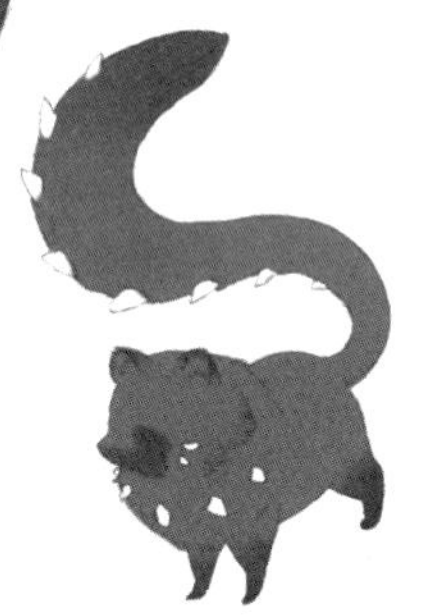

# 小黑

近似犬科動物的小型魍獸。受妙翅院迦樓羅的假性神蝕能操控，與她共享五感。具備可藏身於影子當中的權能，利用這項能力擔任迦樓羅的信使。

CONFIDENTIAL

## 鹿島華那芽
Kashima Kaname

| 年齡 | 17 | 生日 | 1/17 |
| --- | --- | --- | --- |
| 身高 | 154cm | | |

雷龍特利斯提帝亞的巫女。身為妙翅院家分家的鹿島家一分子，卻與自己的契約者投刀塚透一同遭到軟禁。喜愛植物且性情溫順，但也有對反抗天帝家之人毫不留情的殘酷的一面。

## 投刀塚透
Natazuka Toru

| 年齡 | 19 | 生日 | 9/8 |
| --- | --- | --- | --- |
| 身高 | 169cm | | |

與華那芽訂下契約的不死者。過去以不死者身分極盡殘虐之能事，目前與華那芽一同被軟禁在天帝家的離宮。性格怠惰，討厭外出，卻是個不惜與不死者廝殺的危險人物。

# 姬川丹奈

Himekawa Nina

| 年齡 | 22 | 生日 | 2/14 |
| --- | --- | --- | --- |
| 身高 | 149cm | | |

歐洲重力子研究機構的研究員，跳級取得博士學位的天才。身為沼龍盧克斯利亞的巫女，從物理學的觀點研究龍之權能。

# 湊久樹

Minato Hisaki

| 年齡 | 18 | 生日 | 4/11 |
| --- | --- | --- | --- |
| 身高 | 178cm | | |

與丹奈訂下契約的不死者青年。宛如忠犬追隨丹奈，原本的目的與動機皆不明。缺乏禮節而難以跟他人溝通，其實個性很規矩。

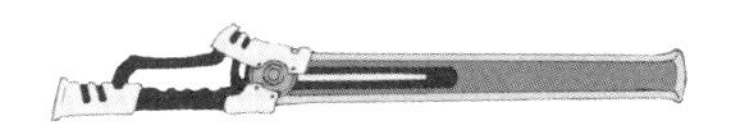

CONFIDENTIAL

## 清瀧澄華
Sumika Kiyotaki

| 年齡 | 18 | 生日 | 5/9 |
| --- | --- | --- | --- |
| 身高 | 158cm | | |

水龍艾希帝亞的巫女。積極開朗，講究實際。龍之巫女的能力覺醒得比較晚，大殺戮後有兩年左右是以常人之身投靠娼館。四年前出現的地龍的目擊者，對鳴澤兄妹懷有強烈的憤怒。

## 相樂善
Zen Sagara

| 年齡 | 17 | 生日 | 11/21 |
| --- | --- | --- | --- |
| 身高 | 180cm | | |

與澄華訂下契約的不死者青年。富正義感、個性耿直，但也有頭腦頑固而不知變通的一面。大殺戮發生時就讀於海外的名門寄宿學校，回日本之際有過一段嚴酷的經歷。從小學習西洋劍，原本被認為有望成為將來的日本代表。

國家圖書館出版品預行編目資料

虛位王權. 5, 天崩之刻/三雲岳斗作 ; 鄭人彥譯. -- 初版. -- 臺北市 : 臺灣角川股份有限公司, 2024.01

面 ; 公分

譯自 : 虚ろなるレガリア. 5, 天が破れ落ちゆくとき

ISBN 978-626-378-405-5(平裝)

861.57 112019538

Kadokawa
Fantastic
Novels

# 虛位王權 5
## 天崩之刻

（原著名：虚ろなるレガリア 5 天が破れ落ちゆくとき）

2024年1月8日 初版第1刷發行

作　者：三雲岳斗
插　畫：深遊
譯　者：鄭人彥

發 行 人：台灣角川股份有限公司
總　　監：呂慧君
總 編 輯：蔡佩芬
主　　編：林秀儒
編　　輯：孫千棻
設計指導：陳晞叡
美術設計：莊捷寧
印　　務：李明修（主任）、張加恩（主任）、張凱棋

發 行 所：台灣角川股份有限公司
地　　址：104台北市中山區松江路223號3樓
電　　話：（02）2515-3000
傳　　真：（02）2515-0033
網　　址：www.kadokawa.com.tw
劃撥帳戶：台灣角川股份有限公司
劃撥帳號：19487412
法律顧問：有澤法律事務所
製　　版：巨茂科技印刷有限公司
ＩＳＢＮ：978-626-378-405-5